U0030502

柯文哲的 台灣筆記

更了解台灣，會更喜歡台灣

我在二〇二二年底，卸下台北市長職務，緊接著又從台大醫學院退休，離開了我工作三十年的地方，專職台灣民眾黨黨主席。在過去這半年當中，我行走台灣各地，甚至出訪日本、美國，苦思到底台灣何去何從？我有一些心得。

人家說讀萬卷書不如行萬里路，不過行萬里路之後，如果沒有做一些整理，產生自己的心得，那行萬里路也就沒有意義了。

有人說台灣最美麗的風景是人，但是你不走出去，又如何能體會台灣最美麗的風景。我說過：做為一個台灣人，有三件事情要做。登玉山，因為玉山是台灣第一高峰，登上玉山會給你一種特殊的感受。腳踏車環島，因為每一寸土地在你腳下踩過以後，它們從此都會有不同的意義，你對台灣又會有不同的感情。參加媽祖遶境，不管是大甲媽祖或者是白沙屯媽祖，走一次媽祖遶境會讓你感受到台灣最底層的生命，還有台灣人的善良。當然如果能夠騎腳踏車一日北高或一日雙塔，那就更好。

做過這些以後，若有機會再去每一個地方看看，你更了解台灣，也會更喜歡台灣。

蔣渭水在一九二一年成立台灣文化協會，開始台灣新文化運動。

他認為如果不能改變台灣人的思想和文化，這個社會運動是不會成功的。因此他到處演講，希望喚醒台灣人民的靈魂。不過他不幸在四十一歲的時候，就因為傷寒而死在台大醫院。

我常常認為我今天在做的，只是要完成蔣渭水一百年前沒有完成的任務——台灣新文化運動。還記得二〇一四年我出來競選台北市長，當時的口號「改變台灣從首都開始，改變台北從文化開始，這是一場以文化為主的社會運動，也是台灣歷史上，第一次以改變政治文化為訴求的選舉」。一直到現在，我還是沒有改變這個信念。所以我在旅行過這麼多地方以後，把我的一些心得寫出來，也讓大家了解，希望藉此能夠影響台灣人的一些想法。謹以為序。

Part 3
台灣的未來 ━━━━━━━━━━━━ 141

Part 4
心情手記 ━━━━━━━━━━━━━ 185

Part 1
看見台灣
的美

一步一腳印——
白沙屯進香、大甲媽遶境

　　人的一生總有許多挑戰，有些是別人給的、有些是自找的，無論哪一種，只要下定決心、挺直腰桿，就能堅定跨越。九天八夜的白沙屯媽祖進香，我在這片土地上留下印記，我知道過程再痛苦、再難熬，只要一步一步堅持，終究會到達終點。不經努力，怎麼豐收。

媽祖跟你結緣！

「這個請你吃，媽祖跟你結緣！」每一次看到休息處，或者路邊攤位，充滿笑意的面孔，手上遞過來各式各樣的食物、補給品，我就感覺到無比的溫暖，台灣人是這麼的善良，難怪大家說：「台灣最美麗的風景是人。」

想要親自體驗這句話，就來走一趟白沙屯媽祖徒步進香、大甲媽遶境。這兩件台灣最重要的宗教盛事，共同特色就是都很累，但**累完之後，內心會很充實，看待世界的角度也會變得不一樣。**

二〇二三年二月，我卸下台北市長、台大醫院醫師的職務，難得有這麼長的時間，可以規畫自己想做的事。我決定加入白沙屯媽

祖九天八夜的徒步行程，和其他十萬多名信眾一起當個香燈腳，從苗栗通霄拱天宮，一路走往雲林北港朝天宮，然後再折返，路程大約四百多公里。

徒步進香的第一天，我走得還算順利，只是覺得有點冷，但能這樣靜下心來，一直走一直走，心情是很平靜的。為了要長時間走路，我也做好充分準備，用透氣膠帶分別包起五根腳趾，然後穿上一層五趾襪，再一層厚襪子，這樣能避免趾頭磨擦出水泡。雖然如此，走到第三、四天時，左腳足弓就開始有點脹痛。沒想到經過媒體報導之後，走著走著會有人專程跑來要送我痠痛貼布、藥膏，也有很多人告訴我要怎麼按摩消腫。

其實這幾天的路上，隨時都可以看到路邊設有休息站、小攤位、發財餐車，擺著食物跟補給品，從廣東粥、麵線糊、粽子、包子、炸雞、熱狗、水果、軟糖，到珍珠奶茶、運動飲料、麥茶、啤酒、可樂，還有衛生紙、濕紙巾、薄荷油、痠痛貼布，什麼都有。

　　有一天網友發現，我在短時間之內，連吃了兩個沙琪瑪，還透露我其實除了愛吃花生，也很愛吃沙琪瑪。在那之後，有很多人沿路送我沙琪瑪，我真是太感動了。尤其是媽祖從北港朝天宮起駕回鑾的那個夜晚，我走到半夜兩點多，沿路又暗又冷，身邊其他香燈腳的腳步也越來越疲憊，但在這麼晚的夜裡，路邊還是有人準備薑茶、關東煮、烤玉米等熱騰騰的食物，要大家邊走邊吃，暖暖身子。他們給你東西之前，不會問你是哪一黨的，也不會問你支持哪個候選人，只會熱情吆喝：「媽祖跟你結緣！多吃一點！吃不夠再拿，記得垃圾分類喔。」就這樣我走完九天八夜，吃的喝的不花一毛錢，全靠跟媽祖結緣。

充滿善意與希望的行腳：
沉澱與突破自我

走大甲媽遶境也是一樣，鄉親依舊熱情，但沒想到接近四月底，天氣馬上變到三十多度，實在有夠熱，於是鄉親在路邊準備的食物，變成冰豆花、冰紅茶、涼麵、枝仔冰。雖然我因為訪美行程時間衝突，沒有辦法全程參與大甲媽遶境，但是下了飛機休息不到二十四小時，我馬上就來走最後的兩天，再次沉浸在這個全是善意與希望的旅程當中。

不論是白沙屯媽祖、大甲媽祖，我沿路上看到這麼多善良的人，彼此互助合作，跟政論節目上族群之間因為意識形態仇視對立的樣貌完全不同。所以我的腳步更加堅定，**透過行腳自我沉澱，我期待我的體能跟思想，都能有所突破，能用自己的力量，讓台灣這片土地越來越好。**

金門——
兩岸交流之地

金門土地一百五十平方公里，常住人口五萬多，歷史與文化濃厚。金門人純樸又爽朗，我拜訪烈嶼、金寧、金沙、金湖、金城各公所時，深深感受到在地的熱情。

　　當地人告訴我，他們曾接到廈門旅遊業者的「陳情」，希望位在大膽島的「三民主義統一中國」的心戰牆字體可以漆紅一點、燈光打亮一點，因為很多大陸旅客專門來看這個，希望景點可以看得更清楚。這個故事很有趣，它反映出對絕大多數人來說，民生與經濟才是第一位，意識形態不是。

　　金門要發展經濟有重重限制，因為離島工資、運輸、原料成本都比本島高；另外還有醫療、長照、交通等各種問題，需要政府幫忙解決。小三通一停就是三年，目前只有單向恢復，大陸人民仍然不能來金門，政府應該盡速回應當地人民的期望。

　　金門歷經了古寧頭戰役與八二三砲戰，在兩岸關係的發展過程中扮演至關重要的戰地角色。過去藍綠都曾經對金門的自由化、國際化提出策略方向、做出承諾，卻都沒有具體實踐。如今，金門在重大建設、醫療保健、教育交通等方面還是停留在離島待遇。

　　金門是台灣最接近中國大陸的地方。正如同台灣應當是中美溝

通的橋梁，而非中美對抗的棋子；同樣道理，我也希望**金門是兩岸交流的地方，而非對峙之處。我的目標是推動金廈做為兩岸自由貿易試驗區。**

吃一桌金門的歷史與故事：
金門第二好吃的水餃

「這是我們金門第二好吃的水餃！」一大盤熱騰騰冒著白煙的水餃送上桌，陽明菜館老闆周子傑驕傲地說。他們家的水餃有夠好吃，但是只排第二名。我當然要問，那第一好吃的是哪一家？周老闆笑得更開懷了：「我們家稱第二，第一名當然只能從缺。」這麼自信爆棚的水餃，我馬上嚐一嚐，柔韌的餃皮散發麵粉香，飽滿的內餡浸滿湯汁，蔬菜的鮮甜跟豬肉的質嫩爽口，搭配得恰到好處，讓我連吃好幾顆。

周老闆表示，許多客人本來以為水餃就是一道平凡無奇、墊肚子的食物，但端上桌沒多久，就會被吃個精光，還有很多客人會立刻追加，讓菜館裡的水餃似乎永遠都不夠煮，老闆娘炒菜端菜的空

檔之餘，往往都是在包水餃補貨。吃完水餃，桌上還有放山雞、芋頭排骨、紅燒豬腳、肉凍等等，雖然都是台灣本島吃過的食材，但風味很不一樣。還有許多到台灣本島打拚的金門人，會訂購冷凍產品解鄉愁。

「你吃的不是食物，而是金門的歷史與故事。」周老闆又蹦出金句，不過講著講著，他的幽默詼諧卻漸漸多了幾分感傷。「金門再怎麼好吃、再怎麼出名的餐廳，都很難撐下去！」他說的是離島商家與產業共同的難題，年輕人不願意接班，一個一個往台灣本島跑，家傳祕方再美味獨特，沒有人願意承接，又有什麼用？

「在金門開店或者做其他生意，都不容易」、「連政府要做生意都難噢！」周老闆跟幾位同鄉朋友顯得很無奈。「離島的運輸、物料、人力都很貴，十塊錢的東西，在金門要花三十塊才買得到，很多台灣的廠商搶金門的政府標案，本來以為可以賺錢，沒想到成本那麼高，做到一半就想跑了，後來金門的標案都很少人要標，所以金門發展很難啊。」基礎建設做得慢，讓年輕人口更加流失，陷入惡性循環。

「怎麼辦？金廈大橋蓋下去馬上解決一半啦！」不過再說到金廈大橋蓋不蓋得成？他們又紛紛搖頭。「不用想也知道答案，疫情

讓小三通連續三年都不通了，金廈大橋哪有可能會通？有沒有政治考量，金門人怎麼會不知道？」越說氣氛越沉重，周老闆跟幾個朋友也懶得再講了。「我們菜館裡的海蚵湯也很出名，要不要點一碗喝喝看？」雖然很想再喝碗湯，但我的肚子已經飽到不行，希望下回再來金門拜訪周老闆時，陽明菜館的湯鍋裡一樣能滾著水餃，我也能有機會喝喝看這次無緣品味的海蚵湯。

用砲彈製作的菜刀：
回憶中砲聲隆隆的童年

　　「來到金門沒買把鋼刀回去，不算有來過！」金門的菜刀超級利，我很早以前就聽過了，但到底鋒利到什麼程度，直到我參觀了有八十六年歷史的「金合利鋼刀」，才發現閃亮的鋼刀背後，還有一段被人遺忘的歷史。

　　身為「金合利鋼刀」第三代傳人的吳增棟師傅，即使是日正當

中的夏天，依然待在爐火正旺的廠房裡，盯著數百度高溫的火焰由紅變黃、再轉藍，我看著他抽出只有雛形的砲彈殼，靠著動力錘開始敲打，刀具慢慢成形。打造刀械的鋼材，都是一九五八到一九七九年，這二十年間中國打過來的砲彈外殼，據說一顆砲彈大約可以做出四十把菜刀，而用砲彈製作的菜刀，只要正確使用，用二十年都不會損壞。金門的鋼刀不只堅固銳利，當中的歷史故事耐人尋味，難怪每個遊客都會買一把回去。

　　說到那個年代，大家應該都有印象的是八二三砲戰，以及之後長達二十年「單打雙不打」的砲戰模式。吳師傅說，用來鑄刀的砲彈分兩種，一種是八二三砲戰戰火最激烈的四十四天裡，打過來會爆炸的砲彈；另一種則是單打雙不打期間飛過來的宣傳彈，不會爆炸，但裡面放了各式各樣的政戰宣傳單。會爆炸的，打了四十七萬九千多顆；不會爆炸的，在往後二十年裡也有五十萬顆，前前

後後加起來，直逼百萬顆的廢棄砲彈殼，就是金門刀械、農具的原料來源。

回憶起砲聲隆隆的童年，吳師傅還說，早期的金門民間因為被劃為軍事重地，連一台照相機都沒有，如果要找自己年輕時的畫面，除非剛好被政府的相機拍到，或是特地跑一趟照相館，不然一張照片都不會有，無法留下任何回憶。

我很好奇，金門土地有一百五十平方公里，這些彈殼飛散四處，到底是誰東奔西跑去把它們蒐集起來？吳師傅的答案讓我有些訝異，他說包含他自己在內，小時候都會撿這些破碎的砲彈殼，用來換麥芽糖吃。幾十年過去，即使金門已經宣布全島掃雷完成，空地裡仍然不時會出現砲彈殼，甚至蓋房子挖地基，挖到地底下六公尺都能找到一大堆。

　　金門鋼刀的前身，曾經是讓人這麼恐懼的砲彈，如今變成家家戶戶炊煮時便利又安心的幫手，這結果想必當初兩岸的軍民都始料未及。金門是在國民政府遷台後，少數經歷過戰火打擊的地區，感謝金門同胞曾經做為台灣之盾，擋在本島人民和烽火之間。也因為這裡的人們體會過戰爭無情，對和平的渴望比其他台灣人更加強烈。**做為國家領袖，理所當然應該要讓全體國民感到安心，遠離戰爭威脅。**

屏東——
感受「喜樂發發」的真心

我做過最困難的事就是一日雙塔,從基隆富貴角燈塔一路騎到墾丁鵝鑾鼻燈塔。挑戰結束,我用南台灣的熱情和清涼綠意撫慰身心。農業與觀光是屏東的優勢,若能精緻化農業,提升交通品質發展觀光,就會有更多人才願意回到這個美麗家鄉!

吃了一肚子Q彈清香的甜蜜：
燒冷冰、綠豆蒜

「來來來，趕快吃碗冰！」來到台灣尾屏東，明明才是二月天，陽光卻已經很熱情，這時候吃碗冰最好。潮州最知名的燒冷冰，從阿公阿嬤到小朋友全都愛吃，紅豆、綠豆、芋圓，還有軟綿綿的蜜芋頭，配著剉冰吃，清涼又過癮。

燒冷冰的主角當然是湯圓，外層有點冰又有點熱，口感超特別，裡面的花生內餡還是熱騰騰的，又是不同滋味。吃完這一碗，消暑不少，而且有夠飽，難怪店裡永遠排滿客人等位置，還有一大堆的外帶訂單。據說這碗燒冷冰的創意是，有客人想吃熱湯圓，又怕太燙，拜託老闆加點剉冰上去，於是創造出這種又燒又冷，湯圓皮 Q 彈又帶點硬的特殊滋味。

屏東有名的美味，也不能漏掉綠豆蒜，車城的綠豆蒜，剛端上桌就飄出糖水的甜香味，粉條滑順彈牙，綠豆蒜細緻綿密，搭配焦糖水一起入口，真的是徹底紓壓。這種古早味甜湯，老少咸宜，只不過有許多沒吃過的人，會以為是綠豆搭配大蒜，聽起來很奇怪，

不太敢吃。其實綠豆蒜是把綠豆去皮，綠豆仁的米白色就像蒜瓣一樣，才被叫做綠豆蒜，它的清香淡雅滋味跟蒜味完全不一樣。

百年來守護當地族人的灌溉水路：
來義鄉二峰圳

　　把握好天氣，吃了一肚子的甜蜜，我也逛了逛屏東來義鄉，欣賞二峰圳幽靜的綠意水色，放鬆心情，順便探訪原鄉部落的老朋友，當然也要認識幾位新朋友。來義鄉的鄉長很熱情，特別帶我去森林公園，指著刻了「喜樂發發」的石碑，說 siljevavav 在排灣族語裡面有「向上」的意涵，族人也會來這裡獲得步步高升的祝福。

為了讓我更貼近原鄉的日常生活，村長還叫我跳上他的機車，在山間小路繞過來、繞過去，順便帶我去看二峰圳。

二峰圳是一九二三年建造的，距今剛好一百年，圳路總長三二五二公尺，可以灌溉三千公頃的蔗田，一百年前的水圳能有這麼大規模，而且堤防到現在都很牢固，可見當初工程計畫的縝密程度。為政者對建設就該如此用心——我在心中再次提醒我自己。

二峰圳的集水廊道，流動著的不只是清澈的溪水，還有來義鄉部落朋友們的童年記憶。大熱天裡全家大小出動，帶著游泳圈、浮板到水裡游泳，打水仗，溽熱的不適感在歡笑聲中全部退去。

屏東一日遊，分享著台灣尾的生活點滴，讓我增廣見聞許多。希望哪天有機會，我能在村裡住一晚，感受原民爽朗豪邁的日常，也找個時間帶著輕便的衣服下二峰圳泡泡水，大家一起涼一下。

高雄——
蛻變中的雙港城市

高雄是全台灣的工業製造重鎮，扮演著經濟成長的火車頭，近
年來朝向物流業、服務業、資訊業的高附加價值產業發展。身
為全台唯一擁有空港及海港「雙港」的城市，高雄蘊含強大潛
力。我希望讓高雄蛻變成綠意盎然、宜居永續的城市，讓余光
中筆下的「讓春天從高雄出發」真實發生。

高雄擁有全台灣最大的港口，光是一年的進出口量就超過一億公噸，除了本身是國際海運熱點之外，台灣的冷凍水產出口量也相當驚人。我參訪了高雄匯永實業，他們從事專業的水產加工，一整年賣到國外的冷凍海鮮加工品，數量有上百噸之多。站在他們的工廠門口，就聞到了空氣中瀰漫著濃濃的海之味，雖然實在有點鮮過頭，但一聽到匯永實業的朱老闆要教我怎麼切魚，我也不禁感到好奇。畢竟我幾乎沒下過廚，像片魚這種需要技巧的刀工，我確實很想學兩招。

匯永實業：
進工廠生產線和進手術房一樣嚴密

　　進入工廠的生產線之前，必須換上全套的防護服，戴好帽子口罩，連鞋子都要換掉，防護程度幾乎跟我以前進手術房一樣嚴密。朱老闆表示，生產線要處理大量的漁產，除了分切冷凍魚塊，還得清洗生鮮內臟，這些冷凍海鮮最後都要進到客人嘴裡，當然要乾乾淨淨，不允許任何異物影響產品品質。我想他們也是體貼，希望我

做好隔離措施，衣服才不會沾滿魚腥味；她說凡是進入工廠生產線，哪怕只是待一會兒，從頭到腳都會被海洋的鮮味縈繞一整天。

　　接著朱老闆帶我去看極低溫冷凍的魚塊，凍得簡直比石頭還硬，必須用電鋸才切得動。清洗魚類的內臟更是絲毫不能馬虎，不該留的雜質一點都不能留下，才不會讓漁產走味，甚至腐敗。朱老闆是個不過四十歲的女性，她笑說自己還算年輕，思想跟得上時代，認為傳統產業早就應該融合新科技，才不會被淘汰。

因此，二〇一三年，匯永的冷凍庫就有智慧監測系統，就算人員下班回家，也能透過手機觀測機台的溫度。二〇一五年他們再投入靜電解凍設備讓漁產可以快速解凍；二〇二〇年採購了臭氧殺菌設備，透過 AI 監測員工進入產線前有確實進行手部清潔，把食品衛生標準做得更好。

匯永實業其實還有另外一個名字「海裕屋」，台灣許多大賣場的貨架上，甚至部分國外超市，都有他們家生產的魚酥、魚鬆系列。朱老闆表示，台灣水產最大的客戶幾乎都在中國，但中國有時候會無預警暫停特定品項進口，當他們詢問政府部門，到底是什麼部分不符中國標準才被下禁令時，政府通常幫不上任何忙。台灣的水產加工品業者只能默默吞下損失，期待早點被解除封印。

我認為中國身為買方，要對台灣產品吹毛求疵也只能由他們去，但至少要做到提早預警，最起碼也要告知規範，說明不合標準之處。**兩岸往來必須為人民著想，多溝通多交流，別老是操作政治手段，不然受傷的只是台灣的辛苦業者。**

日新綜合長照：
快速運轉的社會，打造快活慢老的體系

　　「阿嬤，你又來打牌噢？」走進高雄日新綜合長照機構，看見牌桌上阿公阿嬤興致勃勃摸兩圈，無論我怎麼跟他們打招呼，他們的目光都離不開手上的牌，我只好祝福他們都有好手氣。

　　隔壁桌還有棋盤，兩位阿公專注對弈；玩撲克牌的、玩打彈珠的都有。日新長照的照護人員跟我說，其實玩牌動腦對長輩是很好的練習，可以加速反應能力，預防老年痴呆。因此長照機構的交誼廳裡，什麼遊戲都有，連這幾年很紅的夾娃娃機都有。我錯過多人對戰的牌桌遊戲，只好來玩夾娃娃機，雖然第一次夾子鬆掉什麼都

沒夾到，但很幸運的在第二次就成功抓到一個娃娃，不過我還是把娃娃還給照護人員，讓他們留給長輩繼續夾。

　　長輩們可以在牌桌上動腦筋，或者玩夾娃娃訓練手眼協調能力，彼此也能交流感情，但是在此之前必須先做體適能運動，才能換到代幣。我走到運動專區，看到白髮蒼蒼的阿公阿嬤手舉高、彎

腰、抬腿，做得很是邁力。有些體力差一點的，也會坐在椅子上跟著動動手腳，伸展一下筋骨。要活就要動，越動越健康，保持良好肌力、耐力，才能長命百歲。

照護人員還向我們介紹安養中心的椅子，全是依據長輩不同需求所設計的特殊座椅。有方便從兩側攙扶的椅子，還有電動升降的按摩沙發，如此一來，工作人員要抱起躺在沙發上的長輩也比較不費力，更不會傷到腰。

日新綜合長照的負責人跟我說，其實現在的安養中心功能齊全，早就不是過去讓長輩感到懼怕，覺得是被子女拋棄才不得不去的地方。現在很多安養中心有各種運動、復健、益智遊戲、手做家飾、園藝、烹飪課程，還有各類型社交活動，能交到志同道合的朋友，長輩們把一整天的行程排滿，比待在空無一人的家裡有趣多了。

我過去在台北市長任內，也認為失智失能的問題是預防重於治療，因此成立樂齡健康運動中心、長青學苑等，陪伴長者維持身心健康。畢竟再過兩年，全台六十五歲以上人口比率就要超過百分之二十，正式邁入超高齡社會，而且這個比率還會繼續上升。因此提升老人長照、養護機構的量能，培育專業照護人力，是不能再拖的課題。**我們必須結合醫療健康與養老照護，建立完整的長照系統，讓長者跟未來的我們都能快活慢老。**

台南——
為地方創生注入文化活力

台南不僅天氣熱，人的感情也很熱。我到台南進行農業座談、
企業參訪，也走訪傳統市場、夜市，在里民活動中心開講，感
受居民們熱烈的互動。台南古蹟多，隨便參觀一間廟宇都是三
百年歷史起跳，很適合發展深度文化旅遊。

盧經堂古厝：
地方創生的典範

「這些都是給寶寶抓周的，可以抓三樣喔！」

抓周還可以抓三樣？這是怎麼回事？來到台南安平老街，第一站是盧經堂古厝，它原是清末、日治初期安平富商盧經堂的宅邸，裡面的氛圍古色古香，傳統木篩上擺著官印、滑鼠、金元寶、算盤、足球等等小玩具，導覽員告訴我，盧經堂現在經營古禮抓周，吸引不少年輕父母。至於開放抓三樣，是想說抓到三樣，當中總會有一樣比較符合爸媽的期待，所以才讓寶寶多抓一點，還真是有趣。

導覽員問我當年抓周是不是抓到聽診器？我想我爸媽應該沒給我玩過這種好玩的遊戲吧。但能說起孩子或自己抓周抓到什麼，真的是很不錯的回憶。盧經堂活化古厝開放空間，讓父母們為寶寶舉辦週歲派對，傳統加上新意，預約排得超滿，是地方創生的好典範。

安平老街：
文化商圈在地化、國際化、產業化

　　接下來逛到老街上的美食攤，疫情總算過去，攤商終於恢復試吃，肉乾、香腸、水果、餅乾都給的好大方，讓我吃個不停。這天天氣很熱，但安平老街的遊客還是絡繹不絕，我被一間知名布丁的冷氣給吸引進去，嚐嚐看他們只用牛奶跟雞蛋做成的新鮮布丁，還特別強調不含其他添加物。布丁柔軟滑嫩香甜可口，我很快就吃完了。老闆娘邊準備飲料，邊說疫後原物料上漲，讓他們一直在穩定客源跟反映成本之間拉扯，遲遲不敢漲價，就怕漲了三塊、五塊，

顧客就跑掉了，真的有夠為難。同時他們努力轉型增加電商通路，希望多賺一點是一點，但也呼籲政府能多加強推動冷鏈運輸，不然顧客一聽到冷藏或冷凍的運費那麼貴，根本不願意下單。

最後我走到安平陶坊體驗手拉坯，雖然已經選了難度最低的盤子，但我怎麼弄都弄不好，差點讓陶土整個躺平在機器上，還好老師全程手把手輔導，及時接管我的作品，才讓我做出一個像樣的心型盤。另外還遇到製作椪餅的老師，現在椪餅也能客製化，在餅皮上彩繪人像，老師立刻揮揮畫筆，畫出一個柯P椪餅給我，神韻、體型、五官，還有偏紅的鼻頭，都掌握到我的精髓。

一個商圈要經營得成功，就必須在地化、國際化、產業化，也就是加入無可取代的在地文化，衛生跟硬體設備都要能符合國際觀光的標準，以及形成聚落擴增經濟規模。像這樣的商圈就能吸引客群，讓寶島台灣成為外國遊客渡假的首選。

嘉義——
好山好水的獨「嘉」風格

　　嘉義除了阿里山，沿海地區也有很多觀光景點，東石、布袋一帶有農村、漁港，水產養殖業和精緻農業非常興盛。我造訪過義竹鄉、布袋鎮、朴子市、東石鄉，也參拜了大福興宮土地公、月下老人，並且和一些企業團體座談，了解產經現況，品嚐嘉義特色美食的同時，不斷動腦思考如何解決問題。

日造酒妝：
好喝、好看、好拍創造商機

「柯主席，邀你喝一杯花酒！」

聽到這句喝花酒，我嚇出一身冷汗，怎麼會有人大庭廣眾、光天化日之下，提出這種邀請？回頭一看，原來是一杯有著花瓣的酒。我趕忙說謝謝，把酒接下來乾杯，花酒喝起來甜甜的，讓人忍不住想多喝幾口。

嘉義日造酒妝的執行長周素玉跟我說，現在女性朋友聚會最喜歡這種「視覺系美酒」，除了要好喝，好看好拍也是熱賣關鍵。日造酒妝花酒的酒瓶倒過來拿，就像是一束捧花，薰衣草、玫瑰、櫻花、洛神妃紫嫣紅的花朵盛開在瓶身，瓶頸則繪上了纖細的花莖。

不過光是拍個捧花照還不夠，周執行長示範把淡粉紅色的酒液，緩緩倒進玻璃杯，鹽漬櫻花在酒裡流動漂浮。「這麼漂亮，一定要拍影片發個限動啊！」周執行長說這個倒酒的過程不僅療癒，

也美到讓人想 PO 到社群網站上分享給朋友們看，這麼一來就有更多人看到他們品牌的酒，也能夠帶來更多商機。

厚植品牌力，突破侷限：
思考網路實名制販售酒類的可行性

不只花酒，日造酒妝裡還有鳳梨、荔枝、草莓等台灣在地水果酒；外銷到韓國的金桔、水蜜桃、白葡萄韓式燒酎；有可愛瓶身的 Hello Kitty 酒。各種華麗的酒類，讓人一時不知道要買哪些才好。

周執行長表示，台灣的水果得天獨厚，品質一等一的好，所以釀出來的美酒讓國外爭相訂購，他們自己也幫很多國內知名品牌代工拚外銷。講到這裡我就好奇了，要怎麼創造自己的品牌，又同時兼顧代工？

飲酒過量，有害健康

　　周執行長透露訣竅：日造酒妝最專精、做得最好的酒是梅酒，所以品牌行銷就主推梅酒款式，包括帶著水蜜桃香的胭脂梅酒、清新酸爽的檸檬梅酒、煙燻厚實的炭燒梅酒，以及散發香甜氣息的柚子梅酒，這些都只給自己品牌賣，其他的酒類才做代工。靠著好酒的品質，加上網路社群分享釀酒技巧、下酒菜搭配等小故事，增加討論度，都是厚植品牌力的技術。

　　喝著喝著，周執行長吐出酒後的心聲，她說現在是電商網路的時代，所以他們很努力經營社群，只是政府為了防止未成年人也上網訂購酒類，商家無法查核年齡，所以禁止酒品在網路販售，讓網路行銷的效果大大打了折扣，因為看了也買不到。我聽了頗為納悶，其實要做到實名制販售並不困難，認真設計查核年齡制度，總能有解套辦法。像現在這樣全面禁止，等同因噎廢食，實在是過於消極了。

嘉友電子：
從細微之處發揮關鍵影響力

在嘉義，努力強化商品競爭力的嘉友電子，他們生產的麥克風正是我跑選舉最需要的工具！

我常常要到處演講、接受媒體採訪，或者參訪產業、商圈時，主持人也會邊走邊說明介紹。可是有些時候麥克風訊號干擾，聲音忽大忽小，斷斷續續，甚至是音箱突然爆出刺耳雜音，把在場賓客都嚇一跳。像這樣主辦單位用盡心思辦好活動，卻毀在麥克風不給力，內容再豐富也沒人聽得清楚，實在太可惜了。

嘉義嘉友電子的孔德偉董事長，全面投入研發降低干擾的麥克風設備，也因應網路時代來臨，推出了手機專屬收音器材，目的就是希望講者的理念想法能夠清楚完整傳達給聽眾，這對選舉行程處處要說話給眾人聽的我來說，實在太重要了。

不論是一場活動、一項計畫、一個產品，任何一個細微的環節都可能具有關鍵影響力，如果每個人在每個環節，都能一直改進向前，整體的進步就會很可觀。

雲林——
提升全民的海洋意識

台灣是個海島國家、四面八方都被海洋包圍,因此海洋教育很重要。造訪雲林多次,這是我第一次參加海洋保育活動,面臨生物多樣性的危機,目前《海洋保育法》卻還擱置在立法院,政治的核心是執行力,應該盡快通過相關立法,促進海洋產業的永續經營。

四湖鄉三條崙海水浴場：
大人小孩的集體記憶

　　「每到夏天我要去海邊！」這句歌詞是年輕人、爸爸媽媽跟小朋友幾乎年年都要去實踐的。在豔陽天換上泳裝，全家出動到海邊踏浪，泡泡海水，或者是在沙灘上堆城堡，可以說是台灣囡仔童年的集體記憶。

　　現在大家的環保意識越來越高，政府跟環保、動保團體都會宣導要友善海洋，也要做好垃圾分類回收，不要讓垃圾漂流到海裡，傷害魚類跟烏龜的家。台灣的國家海洋日是六月八日，不過由於行程安排，當天我人在日本進行參訪，於是趁著國家海洋日前夕，我來到雲林縣四湖鄉參加「國家海洋日：愛海手作海廢化身藝術展」，看看我們可以做出什麼樣的努力，讓海洋更乾淨。

一早本來要跟環團一起去淨灘，不過到了沙灘之後，工作人員卻跟我說，這兩天剛好很多團體來淨灘，所以我們本來預定要清潔的這一帶沙灘，垃圾都被撿光了。竟然還有這種事？真的讓我很意外，原來有這麼多人守護著海洋，我不由得感動。

化腐朽為神奇的海廢藝術展：
人對大海的愛與責任

淨灘行程被取消，我就去參觀國家海洋日的其他活動。雲林海岸一帶熱情的鄉民，舉辦了一個小小嘉年華，在海邊一邊聽團、一邊喝啤酒，真的是很青春的活動。聽完幾首歌，我被邀請參觀「海廢藝術展」。

海廢展是什麼意思呢？原來去淨灘的民眾，常常發現自己撿回來的東西還有很多剩餘價值。因此這個藝術展，就是展出利用海洋廢棄物設計出來的各種創作，包括大型漂流木雕刻作品，還有廢棄塑膠瓶做成的鑰匙圈。主辦單位邀請我動手做做看，我照著他們的指示，還真的很快就把一個紅色塑膠瓶用熱熔膠做成一個看起來活跳跳的小龍蝦。

海洋嘉年華有 DIY 活動，也不能少了大地遊戲。我勾著一個竹環，越過各種海洋垃圾，走出迷宮，才算成功。海廢垃圾真的太多，我的竹環一下就被碰倒。這樣的活動確實可以讓人深刻體驗到，人類製造的垃圾帶給海洋生物多大的困擾。

最後我回到海水浴場的觀景台上，欣賞美麗的海岸線，蔚藍海洋跟天空融成一線，浪花拍打在閃耀的沙灘上。遊客們充滿活力的

笑聲，讓人聽了也跟著開心起來。

　　本來我是要來海邊放空，但是「該如何減少海洋廢棄物？」「海洋生態保育怎麼樣能夠做得更好？」這些問題不斷地湧進我的腦海裡。

南投——
美麗山林間的夢工廠

南投名間鄉的種茶面積全台第一，但是灌溉缺水，採茶製茶也欠缺人力。我到地方與在地茶農、青農座談，一同探討傳統產業轉型的問題，並且跟著師傅從採茶、萎凋、炒菁、揉捻到焙火等過程，體驗人工製茶的繁複與辛勞。

「飲茶啦！」台灣人招呼朋友聊天，常常會拋出這一句，老一輩的還會準備好茶壺、燒上熱水，然後泡一壺好茶。年輕朋友聚會，手上總是少不了珍珠奶茶、冰淇淋紅茶、多多綠茶……台灣茶葉發展兩百多年，聞名天下，已經跟我們的日常生活密不可分。對我來說，不管是哪一種台灣茶，我都愛喝，都覺得香醇順口。

台灣好茶，嚇死人的香！

　　能有機會參訪南投名間鄉的茶廠，親自體驗製茶工序，我抱著認真學習的心態，當天一走進茶廠大門，茶葉的清香就迎面而來，經營茶業的名間產業觀光發展協會理事長謝明璟招待我喝現泡的四季春，說這個味道是「嚇死人的香」，入口回甘。不過要製作出這麼厲害的茶，從採茶、萎凋、殺菁、揉捻、乾燥到包裝，中間必須經過三十多道繁複工序，一次又一次，才能釋出茶香的層次。

　　然而，這麼多工序步驟很耗人力，名間鄉的茶園同樣面臨缺工

困境。我問他們有沒有打算換自動化設備？不然一下彎腰撿茶葉，一下用力搖竹篩，手續這麼麻煩，真的是費力又耗神。茶農表示，就是因為製茶的流程太多，如果要自動化，需要更多的機器設備，規模比較小的茶廠賺不到什麼錢，當然負擔不了這麼多設備的成本。

茶農們為了解決缺工問題，一度跟農委會提出成立「農業派遣隊」，讓二度就業的勞工或者移工，依照不同的產季，幫忙種植名間鄉的茶葉、可可、鳳梨、薑黃、咖啡等不同農作。這樣農民到了產季不會缺工，勞工也不會在淡季就沒工作可做。我認為這確實是個可以規畫的好構想，便要求台灣民眾黨立法院黨團幫忙協調，不要讓茶都泡到走味了，茶農的困擾還是沒人理會。

愛鄉的企業：
讓更多人看見寶島的美麗

　　小工廠想辦法求生存，而經濟規模已經發展到穩定階段的大廠，許多企業負責人滿心想的則是如何回饋家鄉。五十多年前的一間塑膠小工廠，漸漸茁壯成為全台最大收納研發品牌之一，負責人吳宜叡對故鄉南投充滿熱愛，斥資近三十億打造了半山夢工廠。

　　「南投什麼都有，就是沒有海。」吳宜叡因此建構了海洋的沉浸式劇場，這裡的座位不是絨布椅子，而是仿真沙灘，讓觀眾坐在海灘上，欣賞海洋國家的冒險犯難精神，以及南島文化耀眼的生命力。南投的美麗山林自然也是夢工廠要讚頌的對象，被稱作「光盒子」的半透明展場，裡面有高達十層樓的生命樹環樹步道，雲杉原木從一樓大廳拔地而起，邊走上去還能邊眺望中彰投的美景，等走到頂層的時候，還會發現玻璃帷幕上描繪著九九峰、大雪山、合歡山的山廓，望出去還真的能對準山麓的起伏位置。

　　半山夢工廠的藝廊展出的是台灣藝術家的創作，一樓的選物商店匯集了台灣文創，以及台灣在地農產。**要是台灣能有多一點這樣愛故鄉的企業，我們寶島的美麗，一定能讓更多人被感動。**

彰化——
綠色企業、創意美學與社會關懷

　　說到台灣的企業，很多人的第一個反應往往是台積電或鴻海，
這些在特定領域中的領頭羊的確具有代表性，但其實台灣真正
的企業主體，是那些分散在全台各地、辛勤奮鬥的中小企業；
他們是台灣活力的象徵，也是台灣生命力的來源。

亨將精密工業：
綠色工廠，台灣第一筷

　　二〇二二年的中小企業白皮書提到，二〇二一年台灣的中小企業家數超過一百五十九萬家，占全體企業百分之九十八以上，而位在彰化的亨將精密工業，就是其中之一。這間小小的工廠從汽車和金屬零件模具起家，一路踏踏實實地走過四十多個年頭，如今已經成為彰化唯一一間、也是第一間綠色工廠，廠房為國家認證黃金級綠建築，名列全台灣前五大。

　　除了傳統產品線，亨將精密的經營者更是早早就利用自家的塑膠沖壓技術，踏足餐具市場，同時因為很清楚代工 OEM（Original Equipment Manufacturer）的做法不能長久，三十年前就開始研究 ODM（original design manufacturer）客製化服務，讓自家產品可以接受客戶要求，做出具市場區隔的高級餐具，在一片中小型企業的紅海廝殺裡，走出一條自己的路。

　　如今的亨將幾乎就是台灣中小企業的轉型模板，不但高品質產

品銷售世界各國，近幾年在國際市場興起的碳稅，也讓他們開始思考下一步的轉型，率先在產品上提供碳足跡標籤。

但即使思考和轉型都這麼快速有效的公司，同樣受到這塊土地的牽絆；亨將小老闆就提到，即使工廠高度自動化，但是對人才的需求不減反增，再加上少子化的影響，具備專業知識的工人反而越來越難找。他們設有員工進修計畫，但單一公司能提供的能量有限，還是希望由政府協助培訓人才，讓產學之間的連結不要出現斷層。「台大電機畢業的學生，怎麼會來我們這裡呢？」這句話很直白，卻也殘酷。而顯然現階段政府並沒有辦法滿足他們的需求。

國際情勢也會有所影響。小老闆跟我說，他們遠在國外的客戶，曾經不斷要求他們把工廠往外移，離開台灣這塊「是非之地」，原因很簡單，就是近年來逐漸升高的兩岸情勢，對方擔心兩岸一旦擦槍走火，會嚴重影響供貨。他們很無奈，但也不想拋棄這個白手

起的家，只能繼續觀察接下來的情況。

　　企業的眼光精準，快速回應市場需求，但是當他們遇到問題了，我們的政府有辦法協助解決嗎？還有多少中小企業也在發出相同的吶喊？

陳炳臣創作展：
藝術是偉大國家的必要條件

　　「台灣有兩百六十八座海拔超過三千公尺的高山，靠著這麼多座的護國神山保佑，我們才能化解一次又一次的颱風劫難。」藝術家陳炳臣指著他的一件巨幅山水畫，訴說著他對台灣山脈的無盡感謝。

那幅畫作用簡單的黑白色調，構築出中央山脈的面貌，讓我不由得感受到對大自然的敬佩與嚮往。壓克力顏料上還堆砌著木屑，為山嶺帶來更真實的立體感。接著映入眼簾的是一棵黃澄澄的銀杏樹，陳炳臣以明亮的色彩，讓這棵樹搖曳著無盡的生命力，彷彿可以聽得到枝葉被風吹拂的嘶嘶聲。另外，盛開出一片璀璨粉紅的櫻花樹也很耀眼，讓人宛如置身櫻花林，陣陣清香環繞四周。

我在三月拜訪彰化時，曾經去過陳炳臣的工作室，他用或純粹、或繁複的壓克力顏料，詠唱著對台灣大自然的感動。他的畫作多是台灣的高山、樹木，還有故鄉彰化芳苑的景色，也許是下雨天海岸跟泥沙的灰黑浪漫，也許是豔陽日油桐花的潔白盛開。栩栩如生的寫實畫作，也藏著擬人意象，例如一棵柏樹與雲霧之間的交錯即影，像是一張深邃的面孔凝視著畫布外的參觀者。陳炳臣表示，他常常覺得台灣的山林之間有著神靈，可能是土地公，也可能是綠精靈，畫著畫著，這種心思就流露出來。

我對藝術了解不多，很少有時間欣賞藝文展演，自己也不會畫畫，但參觀陳炳臣的創作展，還是有了不少體悟。台灣的自然生態實在太美，值得我們好好保護它。另外，**除了經濟與科技，台灣如果要成為文明先進的國家，藝術領域的發展也需要被政府重視。**

　　我過去出國參訪時，看到歐洲許多商店的小櫥窗，還有店內的貨架桌椅陳列，宛如小小藝術展，因為人民從小就在美感中薰陶，所以各種展示作品都不會隨便做做，任意堆放。從一個杯子或者是一條延長線上，都可以看出藝術能量。這樣的國家自然會有更多的觀光客想去體驗生活文化，也會有更高價的訂單採購商品。

　　我缺乏美感，但我會持續學習，我也一直認為，**一個擁有許多藝術家的國家，往往代表她的文化多樣性與包容性，這也是一個偉大國家的基本性格和必要條件。**

伯立歐家園：
讓身障朋友有尊嚴、有目標的過日子

　　我三十五歲就當上台大外科加護病房主任，處理的幾乎都是最緊急、最嚴重的傷患，但是在台灣有一群人，他們雖然不會被送進加護病房裡急救，但生活上卻比一般人辛苦很多——他們是小

兒麻痺患者，由於症狀被認為不緊急，所以得到的醫療照護相當不足。

將近六十年前，被稱作「美國媽祖」的長老教會傳教士瑪喜樂女士來到彰化二林，她秉持著醫者慈悲的同理心，創立「喜樂小兒麻痺關懷協會」，專門收容小兒麻痺患者；接下來又打造「伯立歐家園」，伯立歐是從小兒麻痺的英文 Polio 翻譯而來。瑪喜樂女士希望身障者有辦法靠自己謀生。我造訪伯立歐家園，親眼見證這樣的大愛，也看見身障朋友們的努力。

伯立歐家園庇護工場不必完全倚靠慈善捐款也能運作，社工帶領身障者學習生產商品，包括手工肥皂、烘焙咖啡豆，還有幫忙組裝紅包、紙盒、名片、信封等各種印刷品。工場裡的動線和機械都是專門為身障者設計，讓他們可以坐著輪椅在生產線上來來回回，工作時更順暢不費力。

伯立歐對產品的品質也相當講究，全台第一位 SCA（精品咖啡協會）認證的身障咖啡烘焙師，就在這裡上班。他從挑選咖啡豆、專業烘製到氮氣填充等等都能一條龍作業。即便我對咖啡不是很了解，但光是看到一整個房間的烘豆機，就知道他們對咖啡品質的要求。

社工告訴我，伯立歐咖啡深受顧客喜愛，連包裝盒製作都很用心，需要十多道手續才能摺好一個。我自己試了一次，花了六分鐘才勉強做好一個歪七扭八的盒子，而這裡的身障員工只要一分鐘就能完工。

　　「讓原本無法奢望抬頭的小兒麻痺患者，有了站起來看見希望的能力，」這是瑪喜樂女士的理念。她創立庇護工廠，從心靈上照顧身障者，讓他們有尊嚴、有目標的過日子。關懷協會理事長表示，他們下個階段的目標是募款一億五千萬，讓伯立歐家園能再多照顧一百位患者，不過目標還沒達成，卻因為近年嚴重的通貨膨脹，需要的金額增加到一億八千萬。我以眾望基金會的名義捐款十萬，雖然金額很小，但希望能幫一點是一點。

台中──
用職人精神打造品牌特色

日文有一個詞叫做「達人」，意思是在某個專業上累積許多經驗，具備優異技能，能把一件事情做到極致，也就是超級厲害的專家。二〇二三年六月底，我與台中多家觀光產業的業者進行雙向交流，從中也見證他們就具備了這種達人精神。

大呷麵本家：
製麵傳產導入文化創意

　　一九三四年成立的大甲麵廠，至今已有近九十年的歷史，接手的第三代老闆告訴我，他們在二〇〇六年選擇轉型，另外成立「大呷麵本家」，但推出新品牌的同時，他們也繼續堅持製麵的基礎三件事：麵粉、鹽巴、水。

　　老闆表示，越簡單的事情越要把它做好。首先，製麵的水質一定要講究，鹽巴必須精煉嚴選，小麥更是從耕種過程就得仔細。基本的材料品管做好了，再研發多種不同的產品，從最早的原味麵、講求健康的糙米麵，到特殊口味的綠茶麵、黑芝麻麵，希望能多爭取不同的客源。

　　既然麵廠是在大甲起家，何不把大甲名產芋頭也結合進麵條？大呷麵本家挑選冠軍芋頭品種，做出芋頭麵，口味聽起來很新奇，但嚐起來比把芋頭丟進火鍋裡煮的接受度要高出許多。老闆也坦言，這個台灣首創的芋頭麵，研發過程可謂千辛萬苦，才能做出受市場青睞的芋頭麵。

阿聰師芋頭：
危機創造經濟效應

　　說到芋頭，我還參訪了另一間店家「阿聰師的糕點主意」，他們專門製作芋頭酥，還獲選為國宴點心。和「大呷麵本家」相同的是，他們的背後一樣有故事。

　　二十多年前的一場大豐收，讓大甲地區的芋頭生產供過於求，眼看成噸的芋頭就要被銷毀浪費，原本做中式喜餅和嬰兒食品的阿聰師實在捨不得，於是就把大量的芋頭拿來做成芋頭酥。想不到無心插柳柳成蔭，阿聰師芋頭酥大受歡迎，民眾不只搶購芋頭酥，也跟著採買更多大甲芋頭來做其他產品，連帶拉抬了整個大甲地區的農民經濟。

　　阿聰師為了推廣大甲芋頭，還研發做出芋頭冰，他自信地表示，芋頭冰淇淋的好吃程度，絕對不輸知名的歐美冰淇淋品牌。

　　為了行銷家鄉美食，大呷麵、阿聰師都展現出台灣的職人精神，努力把一件事做到最好。

　　在與中部觀光產業商家的座談會上，除了了解成功的品牌發展

過程，我也聽到許多伴手禮業者面臨的困境。每間廠商的產品都有自家獨特的門道，但缺工缺電的五缺危機，同樣重創他們的生意。尤其疫後的新市場型態嚴重打擊產業生態，大家都在等待市場回溫。我則是分享在台北市長任內重振產業的經驗，現在的商品行銷不能只有販售商品本身，而是要帶動整個生活體驗，像是台北的西門町，年輕人來這裡聽音樂、看塗鴉、泡酒吧，街道上還有各種動漫商店、CP值最高的選物店、服飾店，因此許多年輕人就會想去西門町尋寶，逛著逛著就吃吃買買，促進消費。

打造商圈的屬性和特色，維持良好品質，遊客自然會慕名而來。

苗栗——
共享萬人吃飯擔的福氣

「一拜、再拜、三拜,獻花、獻果、禮成。」在走遍台灣的旅程中,宮廟人員主持上香儀式的特有聲調,三不五時迴響在我的耳邊。這款台灣味聽起來親切又溫暖,也給人一種安心的感覺。

在台灣，不管走到哪裡都有媽祖廟、關帝廟、觀音寺，在廟裡總是可以看到台灣人民最善良的一面，因為來拜拜的人總不至於是要祈求自己陷害別人能夠成功，絕大多數的人向神明訴說的心願，幾乎都是希望家人能夠健康平安，如此而已。神聖莊嚴又大眾化的宮廟文化，是台灣文化的本體之一，各地依據不同信仰而有著不同的習俗。

苗栗四庄媽：
進香回鑾吃飯擔

苗栗通霄的四庄媽進香回鑾，就有獨特的吃飯擔文化。因為「四庄媽」沒有建廟，一百二十多年來都輪流供奉在四庄值年爐主家中，在四庄媽進香回鑾遊庄遶境時，地方習俗就會準備飯擔，慰勞參與遶境的信眾。

一年又一年辦下來，吃飯擔就成為通霄當地最重要的宗教活動

之一，在地居民會準備大量的炒米粉、焢肉、油飯等佳餚，歡迎大家享用，還有很多外縣市的民眾會特地前來共襄盛舉，分享萬人吃飯擔的福氣。

我也有榮幸受邀參與這麼熱鬧的活動，挑起擔子請大家喝涼飲、吃鹹粿，雖然擔子有點重，但我才走不到十步，食物就都被捧場的民眾給拿走了。

朴子配天宮：
「媽祖寶貝回娘家」

同樣的宮廟場景，在嘉義的配天宮，還沒進到廟裡，目光馬上被門口兩棵樹給吸引，樹幹上分別布置著白牡丹跟紅牡丹，碩大豔麗的花朵，一看就讓人覺得喜氣祥和。

配天宮董事長蔡承宗告訴我，這是他們聞名全台的求子燈花，每年都會有許多夫妻前來跟媽祖娘娘請願，想生兒子求白花，要抱女兒求紅花。當然現在的父母都期待孩子平安健康就好，生

男生女都幸福。而每年年初三,廟裡還會舉辦「媽祖寶貝回娘家」活動,讓寶寶跟大小朋友回廟裡同樂,整個廟前廟後都是孩子的歡笑聲。

新化保生大帝廟:
保存民俗「鬥蟋蟀」

　　台南新化的保生大帝廟則是保留著早期農村「鬥蟋蟀」的民俗,這是過去農民的庶民娛樂。廟方主委林志聰告訴我,蟋蟀的食物跟雞飼料差不多,是吃五穀雜糧長大的,有些蟋蟀個性比較溫馴,這時就要用貓毛棒去磨擦牠們,用以激發鬥志。

　　不過現在隨著動物保護、尊重生命的意識提高,鬥蟋蟀已經很罕見,而且廟方跟民眾為了怕蟋蟀打得太殘忍,只會讓蟋蟀稍微過個招,就讓裁判評出勝負,不會讓蟋蟀打到你死我活。

　　台灣各種慶典、民俗文化，以廟宇為中心發揚出去，連帶讓附近街道都變得熱絡起來，有的更形成商圈市集，為鄉里帶來觀光產值，也讓台灣的人情味越來越濃厚。

新竹──
傳承忠於土地、義於人民的精神

新竹是我一生無法割捨的故鄉，我在新竹出生、求學、長大，
到現在我的爸爸媽媽、弟弟妹妹，以及我的許多同學、朋友都
仍然住在新竹，每次回到新竹，都會喚起我年輕的回憶。

新竹義民祭：
匯聚客家鄉親的濃厚情感

　　還住在新竹的時候，每逢農曆七月的義民祭，生活都會比平常熱鬧許多。雖然我不是客家人，但從小就知道清朝期間，台灣經歷械鬥、民變、戰爭的時候，有一群勇敢的人站出來，組成自衛隊保護人民。後人為了紀念他們，把農曆七月二十日訂為義民節，尤其新竹縣新埔鎮褒忠亭義民廟，香火特別鼎盛，客家族群為了祭祀捍衛台灣而犧牲的忠靈，會舉辦一系列的祭典儀式。

　　義民祭已經傳承兩百三十五年，是客庄十二大節慶中最重要的盛事，也是國家珍貴的民俗。二○二三年，祭祀大典在颱風天展

開，但還好只是短暫下了小雨，褒忠亭義民廟前同樣擠滿人潮。

　　我聽著廟方人員用客語主持祭祀，來參香的信眾也多半講著客語，一年又一年，義民祭透過恭迎義民爺、輪值奉飯、千人挑擔、客家八音匯演、燃放水燈等等活動，延續了在地傳統，也用創新模式呈現客家文化，更讓聚集在義民祭的客家鄉親們感情越來越深厚。我在上香祭祀祈福之後，也不忘提醒所有客家信眾，或者是來參觀義民祭的遊客，出門還是要留意風雨，祝福大家一切平安順心。

赫曼咖啡體驗工廠：
思索台灣產業進化新模式

　　講到新竹市，大家都會想到竹科。每天都要動腦力的科技從業人員，上班時常常是咖啡一杯接一杯，所以新竹出名的除了傳統的貢丸、米粉，職人烘焙的咖啡廳也越來越多，赫曼咖啡體驗工廠就是其中之一。

　　赫曼咖啡體驗工廠的老闆從賣咖啡起步，品質受到肯定、生意變好之後，他開始探索整個咖啡產業的上下游，從生豆進口、咖啡烘培、全自動包裝、咖啡相關機器的總代理，通通投入研發，因為咖啡就是他的喜好與興趣，他想要做得比別人更好，也希望其他跟他一樣熱愛咖啡的咖啡店業者，可以有和大企業合作以外的選項。

　　我非常認同這種不斷再進步，每天進步一點點的想法，透過升級改造經營模式、器材設備，創造出別人無法取代的差異性，培養

出別人抄不走的內涵，這樣自然就不怕失去競爭力。我坐在充滿藝術懷舊氣息的優雅空間內，啜飲著醇厚咖啡，對於台灣的產業進化又有了靈感。

桃園——
老街美感與無形文化資產

桃園距離台北不遠，不論企業參訪、講座、活動行程，我到過
桃園多次，印象深刻的是，二〇一九年時曾到大溪參觀已故歌
手鳳飛飛的故居，我瞬間化身為歌迷，還請幕僚幫我與故居前
的鳳飛飛大照片單獨合影留念。而這次再訪大溪老街，則多了
一份人文懷舊感。

大溪老街：
展現城市的底蘊

　　我還記得那一天到了大溪老街，天空下著毛毛細雨，我聽到幕僚很擔心的說，不知道等等雨勢會不會變大，幸好老天爺很賞臉，一路上雨勢都算小。意外的是，細雨綿綿反而和大溪老街的懷舊氣氛很合拍，走在天色灰濛濛、建築古色古香的街道上，另外有一番美感。

　　大溪老街的樓房，最早是日治時期搭建的，牌樓風格是參考當時日本最時興的建築流行，還有仿效西洋巴洛克建築。政府也相當用心在維護這些百年老建築，透過適當的修繕保養，讓大溪老街的一磚一瓦都散發出歷史的光芒。

　　也許是因為下雨的午後，又碰上補班日，來逛老街的民眾並不多。當然這樣對我們遊客來說，就更好逛了。商家沿

路招待自家產品，紛紛自信地跟我說他們家的商品絕對有特色，好吃又好用。只是我的肚子早就被各種美味裝滿，實在吃不下什麼，只能多跟商家老闆們聊天合照。

說起大溪老街，一般人聯想到的關鍵字，當然是豆干。大溪豆干全台知名，當地民眾的俗諺是「吃豆干、做大官」，因此不只政壇，還有很多企業界人士都認為豆干是一種非常喜氣的點心，觀光客也會想多買幾包豆干送人，或者自己討個好彩頭。

老街比起夜市更能展現城市的底蘊，而現在全台有不少老街，為了打響知名度，特產可不能只有好吃這麼一個優點，要是能結合在地文化，連結人文故事，就能增加產品附加價值，吃了會升官的大溪豆干，就是一個好例子。

為了增加品牌認同，大溪老街上許多幾十年的老店家，都會在產品包裝上訴說創業故事，也會因應節能趨勢，換上環保材質包裝，並在符合法規的標準下，把老屋老牌樓的店面改造得更舒服，凸顯出老宅美感。並不是老房子就要全部拆掉改建，如果能發揮創意妥善利用，反而能打造和都市截然不同的特色。

普濟堂：
信仰與文化的中心

最後我來到大溪老街的盡頭，供奉關聖帝君的普濟堂，這座百年大廟早在日本明治時期就蓋好了，這麼多

年來絡繹不絕的香客，讓普濟堂成為大溪宗教信仰和文化的中心，一年一度的大溪普濟堂關聖帝君聖誕慶典，更是被文化部登記在案的無形文化資產，俗稱大溪大拜拜。

　　來到大溪的遊客，除了買豆干逛老街，往往也都要來普濟堂上一炷香、向神明說說心裡話，旅途才算是有個完美的結尾。

新北──
多彩多元充滿活力的社會萬象

選舉雖然累人，但有機會跑遍各地，體驗不同風俗民情，也是
一種服務人民的學習。我跟著大家到求財聖地烘爐地，心誠則
靈，求的一樣是台灣人民幸福；我也試著化身寵物美容師，感
受貓奴的心情，藉機了解寵物產業發展。

求財旺財烘爐地：
祈求台灣民眾健康平安

　　說到北台灣求財運最旺、最出名的宮廟，不能不提到新北市中和烘爐地南山福德宮，這裡可是求財靈驗到香客絡繹不絕，甚至二十四小時開放，也有很多外國遊客慕名而來，都要摸一摸土地公神像手上握著的大元寶，相信摸了之後能庇佑財運亨通。

　　烘爐地的正殿供奉福德正神、註生娘娘、山神星君，財神殿則

奉祀五路財神、文昌帝君、月老星君等等。不過要上山拜拜，可得吃點苦，如果要從最底下走到山頂上，必須爬 1137 層階梯，因此很多人來拜拜順便練體力。廟方人員跟我說，烘爐地土地公特別靈驗，口耳相傳，香火才越來越旺，幾乎所有上山的人都是要來拜拜的，因此可說是先有廟、後有路，而且上香之後別急著下山，這裡還可以俯瞰大台北盆地的遼闊美景。

現在烘爐地福德宮除了宗教意義，還能看夜景、爬山健行，也變成新北市知名的觀光景點。尤其逢年過節更是人聲鼎沸，要來補財庫還得一大早就來，避免塞車上不了山。我個人一向沒什麼偏財運，拜拜時還是照樣祈求台灣民眾健康平安就好。

友善企業文化：
大家一起來嚕貓

新北市面積大、交通方便，許多企業集團都會把廠辦設在這裡。我來到新北中和參訪東森集團，廣場設有東森寵物及慈愛動物醫院，現在的毛小孩比真的小孩多，於是我也來了解一下毛小孩的療癒之處，學習怎麼幫貓梳毛。

有一隻白貓叫作奶昔，牠非常乖，趴在工作台上一副很舒服的樣子，我小心翼翼地摸了摸牠的背，牠也沒打算咬人或跑走，就在那裡繼續躺著。於是我開始幫牠梳毛，牠也很乖不抵抗，我梳我的、牠躺牠的。接下來東森的寵物美容師要我試著抱抱看貓寶寶，這讓我更緊張了，還好寶寶同樣很給面子，被我生硬的抱在懷裡，也沒試圖掙扎。不過美容師跟我說，這次是特別找了兩隻聽話合

作的貓咪，牠們才會這麼乖。其實許多寵物貓狗比較怕生，送來洗澡或者是理毛的時候會非常緊張，大吼大叫四處躲藏是基本的，甚至有的還會抓人咬人，這時候美容師就要拿出無比的耐心，慢慢安撫，讓毛孩冷靜下來，才有辦法好好替牠們沖水洗毛剪指甲，這些工作可都不簡單。

　　摸摸貓咪柔軟的毛髮跟身體，感受到毛小孩確實有迷人之處，難怪這麼多人喜歡養寵物，把牠們視為重要家人。寵物美容師不免俗問我要不要養隻貓，我想我還是算了，每天工作時間那麼長，沒有時間陪伴毛孩，牠們也是會很寂寞的。畢竟人的生活裡有很多事要忙，但在寵物的世界裡，飼主的陪伴跟照顧可是最重要的。

台北——
居住正義是政府責無旁貸的任務

公辦都更最困難的是說服住戶相信政府。斯文里三期是第一個
由市府承擔實施者的案子，很多政治前輩跟我說，「這個案子
太困難了，成功機會不大。」但我認為，執政者如果沒有意志
和勇氣，困難的市政問題永遠也無法解決。

「聽多了啦，每次要選舉就來了，結果還不是啥都沒有……」二〇一四年我要參選台北市長的時候，到大同區斯文里老舊國宅去拜訪，當時我話都還沒講幾句，一位居民馬上打斷我的話，她說每次市長選舉一到，候選人一定會來這裡，每個人都表現出很積極很關心的模樣，打包票說選上就改建！但下次再見到面時，又是下一次選舉期間，候選人再來開一張永遠不會實現的支票。就這樣，他們在危險又簡陋的環境裡勉強住著，聽「要改建」的主張，聽了二十多年。

市府主動出擊：
斯文里三期公辦都更

　　斯文里三期是民國五、六十年興建的公共建設，當年市政府為了安置大量從外縣市移入的人口，快速施工導致營建品質低落，住戶居住面積狹窄，屋內還嚴重漏水，早就被國宅處認定必須更新。

　　但是斯文里國宅的容積率、建蔽率問題難解，土地跟房屋的所有權更是複雜，要協調所有住戶同意都更，真的是難得不得了，建商覺得又麻煩又可能會虧錢，誰都不想來承辦這裡的都更案。

　　我當選市長之後，一直都記得住戶的不滿，也始終無法對這麼危險的居住環境視而不見。既然所有權人對建商不信任，我

決定乾脆由市府主動出擊，成立駐點工作站，主動召開協調會、社區會議、說明會，挨家挨戶去拜訪，終於在二〇二二年，「斯文首善」落成交屋。

當年罵我的那位吳陳女士，開開心心搬進新家，而原本的公辦都更專案工作站空間，轉型成為藝術參與工作站，並在二〇二三年舉辦《RENOVATION──藝術參與作為「家」的延伸》展覽，記錄著台北市政府和當地居民通力合作所刻劃下的，全台首件地方政府主導公辦都更案的歷史。

建立成功模式：
讓人們相信這麼做是可能的

展演空間的牆上貼著多年來推動都更的時間軸，長到橫跨整個房間，還有我批准的市府公文。看著看著，過去那些和居民溝通、

鼓勵同仁推動、協助解決問題的回憶全部浮現在腦海裡，讓我不由
得感動起來。

　　工作站的三樓有許多童趣手工，像是用竹筷搭出的小房子、植
物拓印等等。工作人員說，這是為了促進工作站和社區的聯結互
動，所以不定時舉辦活動，邀請小朋友一起創作出心中對於新社區
的未來想像，也要帶著小朋友，認識自家周圍的植物生態。我還在
工作站現場看到一副耳機掛在牆上，旁邊搭配宮廟嗩吶的照片。我
好奇問了講解老師，才知道原來當年社區裡因為宮廟長年舉辦活
動，響亮的嗩吶樂聲已經和居民的生活體驗緊緊連在一起，於是工
作人員就錄下這些聲音，讓老人家可以邊聽邊回憶當年過往。

　　在工作站四樓空間，是好幾所大學建築系的學生，發揮對家園

的想像，有的利用藍白兩色，呈現出希臘海灘風格；或是大量植栽，讓家園綠意盎然、生機勃勃，每一種風格都充滿了美好。

斯文里都更工作站不但是我任內達成的一項里程碑，更建立起一套模板，供往後的執政者可以參考。當一個成功的模式建立起來了，又讓其他地方的人看到，他們就會相信這麼做是有可能的，居住正義才更有可能往對的方向邁進。

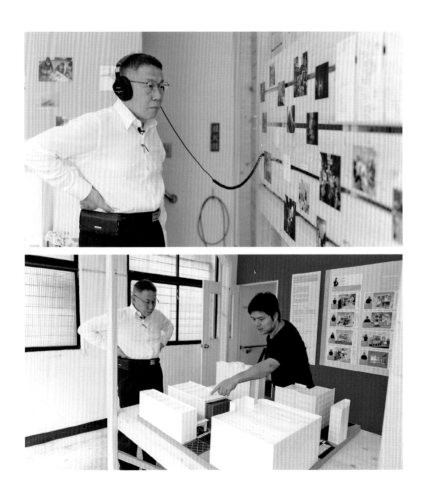

基隆——
海洋之子的美麗與哀愁

傾聽漁民提及雇用大陸漁工的困境、白帶魚銷往中國市場受阻
而價格下滑，以及漁船報驗程序繁複等問題，雖然短時間內難
以釐清始末，但我認真把問題記下來，設法協助解決。走訪
地方就是為了學習，以及看有沒有什麼可以互相幫忙的地方。

基隆漁會：
會捕魚也懂得賣魚

對於海鮮，我向來只知道吃，其他真的了解不多。走訪基隆漁會，我聽他們說，基隆的白帶魚跟小卷非常有名，許多遊客會專程在半夜來漁港搭漁船出海海釣，常常收穫滿滿，帶回一大箱新鮮肥美的漁獲。

如果你沒辦法自己來釣魚，或者親自來漁港買海鮮，基隆漁會也很懂得經營電商平台，想買什麼魚，滑滑手機就可以送貨到家。漁會電商平台的小編跟我說，不論是黃金蟹、白鯧、明蝦、軟絲、透抽、午仔魚，這些新鮮的海之味他們全都有賣，還有加工的 XO

醬、龍蝦沙拉、虱目魚跟飛魚卵香腸，都是送禮自用兩相宜的熱賣伴手禮。

當然，要賣出這些海鮮之前，捕魚過程可是萬分辛苦，必須具備許多專業技術。

政治攻防與
人民生計之間的拉扯

漁會人員表示，捕魚是高勞力作業，很難吸引年輕新血投入，畢竟一出海就有段時間回不了家。加上現在少子化，漁業人力短缺的問題一天比一天嚴重。尤其是疫情肆虐期間，中國漁工無法來台灣工作，缺工情況更是嚴峻，即便到了現在人力依舊無法銜接補上，業者都不曉得該怎麼辦才好。

漁民試著向政府反映這個問題，但漁業署、陸委會卻沒有人能夠解決。不只是船上的人力陷入困境，連船隻本身的規定都越來越

繁雜，從事報關行工作的民眾向我大吐苦水，說他做這行做了二、三十年，從來沒遇過檢查一艘船需要十九張公文的情況；過去一天可以檢查三到四艘，現在一天能檢查完一艘就得偷笑。我本以為漁船的檢查流程標準，應該是由專家學者、政府官員和漁民一起討論訂定，但漁民卻說，標準全部都是官員們自己想的，負責訂定規則的那一群人裡完全沒有漁民代表，他們根本不知道第一線的情況，導致法令和現實脫鉤，徒增業者困擾。

　　而辛苦捕撈上來的漁獲，還要面臨更大的挑戰。基隆白帶魚的產量是全台灣最高，幾乎八成都是外銷到中國市場，但打從二〇二二年開始，中國無預警宣布不收台灣的白帶魚。根據漁民的說法，因為中華民國標準檢驗局的檢驗標章，中國突然不認了，讓他們被迫得增加時間和金錢成本，把漁獲轉去南韓或香港等第三地，換了檢驗標章之後，再出口到中國。這檢驗運輸的過程一來一往，讓利潤大減，而且繞一大圈更讓漁獲失去「搶鮮」的競爭力。

　　台灣是海洋國家，老百姓靠海吃飯是再正常不過的事，我認為兩岸之間政府的紛爭不應波及一般民眾的生計。做為政府保護漁民，提升台灣海產的競爭力，讓民眾好好工作、好好生活，是最基本不過的事。

宜蘭——
永續善待大自然的恩典

遠親不如近鄰，宜蘭是台北的鄰居，有很多值得學習的地方；
若以成本效益計算，宜蘭的不少觀光建設比台北還要好。這趟
參訪宜蘭，與南方澳漁業界座談，聽到不少問題與思考方向；
拜訪蔥農與原木傢俱業者，也讓我感受到土地和自然的恩惠。

南方澳：
尚介「青」的海之味

　　「來喔！吃目睭顧目睭喔！」南方澳漁港的市場裡，一攤魚販大聲吆喝，我看了看他在賣什麼，天啊，竟然是有拳頭大小的魚眼睛！有點混濁、黑漆漆還帶著血色的魚眼睛，看起來有點嚇人。但陪我逛魚市的蘇澳區漁會理事長蔡源龍卻告訴我，這是黑鮪魚眼睛，膠原蛋白特別多，不少人就愛這一味。魚販們也補充說明，黑鮪魚眼睛可是魚市裡的新鮮保證，因為不夠「青」的魚眼睛一定會有腥味，沒有人敢吃，自然也賣不掉，所以敢賣魚眼睛的攤販，代表他的漁貨一定夠新鮮。

魚市場裡還有很多鯖魚、黑鮪魚、龍蝦、煙仔虎、鬼頭刀，都非常有名，不管是在地人、外縣市觀光客，甚至外國來的旅客，都會來宜蘭南方澳嚐嚐這些海之味。我跟漁會人員吃水果聊聊天，問他們最近哪些漁產賣最好？捕魚有沒有遇到什麼困難？漁民吐苦水，說要找到台灣的年輕人來當漁工越來越不容易，希望政府也能在北部多開訓練課程，不然更沒人想來。

三星蔥：
從土地到餐桌的體驗式觀光

　　來到宜蘭，除了南方澳漁港，當然還要去一趟三星鄉，品嚐微辛微辣，帶著獨特香氣的三星蔥滋味。我們來到一間農場，這裡可是真正實踐從土地到餐桌的理念，工作人員邀我一起戴上斗笠到田裡拔蔥，並且教我要從根部拔，如果握的太上面，怎麼用力都拔不起來。

　　拔了幾株蔥，我越來越上手，接著被帶進廚房，開始擀麵皮、撒蔥花，然後揉麵做出蔥油餅，再到煎台上把剛做好的蔥油餅煎出金黃色酥脆外皮，等到蔥香飄散出來時，就可以吃了。

自己拔的蔥，自己揉的麵糰，自己做的三星蔥油餅，哪有不好吃的道理？這樣讓遊客自己動手做，深入體驗在地文化，有得玩又有得吃的休閒農場，不只可以增加客單價，同時能提升顧客回頭率。政府應該多輔導設計這樣的景點，讓觀光產業更精緻。

京典柚木：
上天恩賜給台灣的無價之寶

　　吃喝的行程結束之後，要買什麼紀念品或伴手禮回家才好？宜蘭的藝品店不少，我也走一趟家具行，看看漂亮的家具跟雕刻都是怎麼做出來的。

　　畢業於化工科系的廖老闆，因為愛上台灣的山林，從零開始學習雕刻，並且販售原木家具，他一邊點燃肖楠木屑做成的線香，一邊讚嘆：「台灣的珍貴原木，連屑屑都可以賣錢。」果然一陣飽滿

的木頭香氣撲鼻而來，讓我感到身心舒暢。

　　就算是木屑都有極高的商業價值，那原木雕刻的家具自然更是珍貴。廖老闆隨便指著一張泡茶桌，說那張就要七十多萬，還有很多收藏家排隊下訂。他細數紅檜、扁柏、肖楠、牛樟等等，都是上天恩賜給台灣的無價之寶，並說樹木茁壯需要百年時間，這點人人皆知，所以政府一定得加快人工造林的速度，讓台灣的山林得以永續，也讓台灣細膩精巧的手工藝品能夠繼續揚名國際。

　　走一趟宜蘭，有得吃有得逛也有得買，在和業者的交談之中，我也看見不少問題，如果政府能夠多用心，台灣的觀光層次一定可以再升級。

花蓮——
共容、共融，才能共榮

花蓮的本省人、外省人、客家人與原住民比例相當，四大族群和諧相處，如果我們可以把這種共融社會的精神擴展到全台灣，台灣就不會充滿分裂仇恨。我常說：一個人走得快，一群人才走得遠，可是一群人要走得遠，必須具有共同的價值理念。

太巴塱部落豐年祭：
慶豐收，慎終追遠，緬懷先人

「柯P！我要跟你照相、我要跟你喝酒！」太巴塱部落阿美族的朋友們接力來跟我乾杯，豐年祭的晚餐還沒吃到幾口，我的肚子已經快被酒灌飽，這樣「坐以待醉」不是辦法，不如乾脆主動出擊，一桌一桌去跟部落朋友們打招呼問候？

雖然心裡是這麼想，但我還捨不得把筷子放下，難得有機會參加花蓮太巴塱部落的豐年祭，面對滿桌豐盛的原民佳餚，我豈能不多吃一點？不管是涼拌蔬菜，還是冷盤肉類，很多都是在一般台菜館裡吃不到的做法，也有比較熟悉的鹹豬肉，口感嚼勁十足，滋味鹹香下飯，這時候再配個小米粽剛剛好，一口接著一口。稍微墊墊胃之後，我就帶著酒杯逐桌跟大家敬酒去了。

花蓮阿美族豐年祭，每年在主要農作物收穫後舉行，通常是在八月左右。這場活動是族人心目中最神聖的祭典，除了慶祝豐收，

還有慎終追遠、緬懷祖先功蹟的重要意涵，就像漢人的過年一樣，阿美族部落要經過「年祭」的除舊迎新、驅邪祈福典禮，才算是進入新的年度。

　　年祭活動包括階層訓練、迎靈祭祖、祈福儀式、體能競技、感恩酒會，並以歌曲舞蹈貫穿整個祭典，熱鬧又非常令人開心。我在太巴塱的豐年祭會場跟大家舉杯問候，看見和藹親切的長者、身體強健的青年，還有一群年輕女性，穿著特色的傳統服裝，大聲喊我的名字。

雖然助理們擔心我喝太多影響行程，還有幾個剛認識的原民好朋友陪著我，要幫我擋酒，但太巴塱的族人們熱情歸熱情，卻是非常體恤我，很多人都要我喝個一兩口，意思到了就好。

馬太鞍部落豐年祭：
大家一起熱鬧一場就夠了

　　接著我又參加馬太鞍部落的豐年祭，到場時天色已經暗下來，遼闊的草原廣場，在黑夜中顯得更有氣勢。部落的朋友們拉著我的手，要我一起跳海洋之歌，我緊盯著前面示範動作的跳舞小老師，試圖隨著節拍舉手、揮手、搖手，腳步也躍動起來。不過我實在是缺乏舞蹈天分，永遠比人家慢半拍，正當我吃力跟上大家速度的時候，突然舞步又變了，眾人開始手牽手跑起步來，繞著整個廣場跑

了一大圈，才總算把舞跳完，真的是有夠累人。

　　看著馬太鞍的原民朋友們一邊喘氣、一邊豪邁大笑，我深深感受到不會跳舞沒關係，不會喝酒也無所謂，大家聚在一起凝聚感情、說說話，熱鬧一場就夠了。

台東——
優越的地理環境孕育出豐饒的物產

地方的問題，地方的人最清楚，這是我走訪各縣市鄉鎮的初
衷，多聽多學，期盼自己能做出最有利人民的政策。來到美麗
的台東，聽取地方反映米價、原住民部落政策的問題，我告訴
大家，「我是鐵鎚，你要告訴我釘子在哪裡，我去槌一下、槌
一下」，協助解決大家的需求。

台東是個非常紓壓的地方，我在早上七點多搭上自強號，準備前往池上。一開始想到要坐三個半小時的車，覺得實在好累，趴在桌上睡覺又睡不太著，只好看看窗外，沿途盡是台灣東部的美麗景色，有壯觀的山海溪流，也有碧綠的曠野田園，看著看著我也放慢步調，讓身心沉浸在大自然中。

　　下車沒多久，馬上感受到台東鄉親的豪邁性格。我本來只是要在玉清宮跟廟方人員喝茶閒聊一下，沒想到現場聚集一群農民朋

友，要跟我一起分析農業政策。接下來我前往池上阿美族的午餐聚會，跟他們一起吃炒米粉、炒麵，他們問我的問題都是，池上米這麼有名、這麼好吃，要怎麼樣才能提高產值，讓農民多賺一點錢？如此一來，才能讓青年們願意留在家園。

池上鄉農會：
傳統產業升級設備，保持競爭力

　　農民們的煩惱，我在拜訪池上鄉農會時，一步一步找到答案。我的原定計畫是先去跟農會幹部聊聊，本來以為地點會是在一般辦公室，結果卻來到一家網美型餐廳，這裡甚至還有豆漿界的星巴

克之稱，是池上鄉農會經營的米飯豆類主題餐廳。餐廳設有玻璃櫥窗的豆製品加工廚房，讓顧客完整看到磨豆、煮豆漿、曬豆皮的過程，然後可以在舊穀倉改建的奶茶色系餐廳裡，品嚐滷豆皮、炒豆腐、豆漿。雖然我還不餓，只是嚐個味道，但這麼深度了解在地農產品知識之後，吃起來格外能感受到豆製品的濃純香。

　　池上鄉農會的朋友也帶我去參觀他們的精品級碾米廠，裡頭的機具設備價值上億，用烘乾機把稻穀水份烘乾，取代傳統曬米，還有低溫冷藏庫、精米磨穀機，都能讓米粒的鮮度更好。難怪這裡出廠的池上米常常贏得冠軍米，甚至進軍日本市場。傳統產業升級設備，讓產品更精緻，提高單價，又懂得多角化經營，自然能保持競爭力。

賓朗村鳳梨釋迦園：
傾聽第一線農民的心聲

　　台東適宜的氣候土壤，為台灣孕育了豐饒的農產。在卑南鄉的果園裡，酸酸甜甜、扎實細緻的鳳梨釋迦，征服很多台灣人的味蕾。農民們卻表示，今年因為風災影響，鳳梨釋迦長不出來。我看著果園裡的鳳梨釋迦樹，明明還好好的屹立在土壤上，不過農民指著枝頭樹葉，說葉子寥寥無幾，都被颱風吹走了，果樹的養分都轉去生長葉子，不會再開花結果；幾棵狀況好一點的樹，勉強開了花也是黑心的，因為樹枝也被風吹折了，養分流失的狀況下，就算開花也無法結果。

　　天災不可避免，農民不多抱怨，只是跟我說，像這樣明明無法

長出果實的樹，農業部卻是不補助的，因為前來勘查的公務員會認定「樹沒被吹斷，不符合補助標準」。農民們也能理解，從稻米到水果、花卉，農作物的品項那麼多，公務員不可能每一種都熟悉，制定不同的補助標準。「但是如果他們願意多走到第一線，聽聽我們的聲音，他們就知道了。」是啊，人不可能各行各業什麼都懂，我這幾個月走訪各縣市，四處拜訪不同產業和族群，為的就是多聽多學，期盼自己能做出最有利人民的政策。

Part 2
走出台灣
看世界

日本——
「聽比說更重要」的出訪之旅

二〇二三年六月四日，我前往日本展開五天交流。我認為，要成為台灣的領導者，國際理解與溝通是刻不容緩的。日本是台灣第三大貿易夥伴、美國的區域戰略夥伴，更是台灣在亞洲重要的盟邦，對日關係牽動了台灣的對外關係。

這次行程我們拜會了日本行政部門、國會、旅日台僑、商界以及留學生。「多聽少說」，傾聽日本各界的聲音，可以作為擘畫國政藍圖的重要參考。

不一樣的台日交流：
東京也有媽祖廟

「恭向天上聖母、媽祖娘娘，行三拜禮！」來到日本剛出海關，都還沒到旅館放行李，我第一個行程，先去東京媽祖廟上香祈福。沒錯！東京也有媽祖廟，還是位在熱鬧的新宿。

跟日本沉穩色系的神社很不一樣，東京媽祖廟有著我們熟悉的鮮紅色屋簷、祥龍獻瑞裝飾，呈現出富麗堂皇的氣勢，廟宇雖然不

大，但徹底還原了台灣味。東京媽祖廟位在新宿百人町，三棟建物總共七十坪，前後斥資十億日幣，奉祀的神明有玉皇上帝、媽祖娘娘、武聖關公、玉皇四殿下、玉皇三公娘，以及南北斗星君。從二○一三年啟用到現在，一直是日本華僑的信仰中心，當然也吸引很多外國遊客、日本當地民眾前來參觀。

其實二○一九年我在台北市長任內參訪日本時，就已經來過東京媽祖廟，當時廟裡只有供奉一尊媽祖娘娘。後來東京媽祖廟的董事長詹德薰，陸陸續續增資，把附近的房子買下來，改建成廟宇，供奉更多神明。

東京媽祖廟的源起，是住持連昭惠女士二十多年前的一場夢，媽祖娘娘來到夢裡告訴連女士，她很快就會遠赴重洋到日本創業，媽祖也承諾一定會助她事業成功，但等到連女士成功之時，必須成立道場來幫助貧窮痛苦的眾生。即便當時連女士的孩子才剛滿兩歲，她過去也從來沒想過飄洋過海到日本過新生活，但是看見媽祖娘娘慈祥的神情，連女士毅然決然赴日開創事業，最後果然事業做

得不錯，跟詹德薰董事長一起建了媽祖廟——外觀細膩呈現閩式建築風格，經書、手爐、木鼓、佛鈴，則是搭飛機運到日本。台灣媽祖廟該有的元素，東京媽祖廟一樣也沒少。

詹董事長還霸氣表示，將來他要存更多錢，在這條街上買更多房子，把媽祖廟蓋得更大，希望連帶吸引台灣的餐廳、選物店來這邊開設，有朝一日能發展成台灣街。這樣的好氣魄，不愧是我們霸氣的台灣人，我佩服詹董事長，希望下次來日本的時候，拜拜燒香後，真的能在街上吃到炒米粉、蚵仔煎、烤香腸之類的台灣美食，也讓更多日本人認識台灣的信仰文化、庶民人情味。

出過八位日本首相：
早稻田大學

　　早稻田大學是日本有名的私立大學，有八位首相包括福田康夫、野田佳彥、岸田文雄，都是畢業於此，日本 SONY 集團創辦人井深大、南韓 Samsung 創辦人李秉喆、UNIQLO 社長柳井正、任天堂前社長山內溥也都是早稻田的傑出校友。能和日本頂尖的大學生交流，是我的榮幸。

　　早稻田大學也有許多來自台灣的學生，校內更設置台灣研究所，剖析兩岸、東亞政經局勢。這次我演講的場地座位並不多，但是來自日本、台灣、中國的學生們，坐滿整個空間，還有人站在走道上聽我的演講，大家在提問時非常踴躍，與我一起討論台灣內政問題跟兩岸關係。

　　我以「台灣民主發展進程及新階段挑戰」為題發表演說，向學生們說明台灣從一九九六年開始碰到的諸多問題，我們每四年投票產生一次民選總統，每投一次就讓台灣的主體性增強一次。不過民主選舉不一定會選出最好的候選人，有時候兩黨的候選人都比爛的，人民只能勉強選出一個比較不爛的。

　　提問時，有一位來自台灣的留學生表示，看到故鄉詐騙案頻傳，有人被騙到血本無歸，甚至被強迫加入斂財，不從還會遭到凌虐……講著講著他幾乎哭了出來，他問：「台灣到底要怎麼具體推動司法改革？」我看得出他眼神裡的激動，他的確問到關鍵的問題。我很誠實的說，**台灣需要一個 Reset 的機會，必須透過全新的政治文化才有可能改變現況**。因為現在許多政黨短視近利，只在乎

如何在下一次的選舉獲勝，不做長期的規畫；只重視政黨利益，不思考國家利益。對他們來說，唯一的KPI就是選票有多少，要怎麼拿到政權才是最重要的。而司法改革這麼硬的題目，就一直被擱在一邊。

還有一位來自中國的同學，開門見山就問我：「中華民國是否包含台灣地區、大陸地區？」我的主張是一家親絕對比一家仇好，可以合作交流時，當然就不要對抗交惡。還有一位中國留學生問我，會不會效法前總統馬英九和中國國家主席習近平在第三國見面。以我身為外科醫生的務實個性，我認為應該要先決定為什麼要見面、見面目的是什麼？這才是重點。

看到滿場的學生都關心故鄉發展，還有兩岸的未來，我更深刻感受到**執政者應該負責任為人民提供一個安心的生活環境，因為民眾要的沒有其他，就是和平穩定而已。**

品味日本生活美學：
走一趟最美的書店

還沒走到日本代官山蔦屋書店的門口，就看見大面積的落地窗上，同時疊映出戶外綠樹搖曳、和煦陽光，以及店內客人翻書身影，加上微微飄來的輕柔音樂，一切交織成一片詩意。

我和陳佩琪難得來一趟日本，當然要在這座網美牆前拍照留念。我們慎重站好位置，抬頭挺胸，快門按了好幾張。「書店如果只販售書籍，將變得毫無魅力⋯⋯我們要實踐對美好生活的想像，」蔦屋書店海外本部的本部長田邊雄志，一邊打開書店大門，一邊介紹蔦屋的創辦願景。

走進店內，彷彿我的身心都朝著更理想的自己前進。十多萬冊的藏書，分布在不同的主題空間。不只有書冊，蔦屋還提供了全面的五感體驗，搭配類型選書，展示風格選物。例如烹飪食譜專區，就擺上一個溫馨的木桌，上面有編織餐墊、鄉村風

格的杯盤、典雅的桌巾、生氣盎然的插花，連我這麼不懂生活品味的人，都頓時感受到浪漫愜意。

　　我跟陳佩琪拿了幾本書，在角落舒適的沙發坐下來翻看，討論要不要買本異國食譜，回家燒幾個新菜？既然要嘗試新料理，那麼家裡的茶壺是不是也換個新的好了？有了漂亮的茶壺，需不需要插個花、放個餐墊看看？講著講著，肚子都餓了。隔壁還有點心吧台，鹹派、蛋糕、餅乾、堅果，想吃什麼儘管拿。要喝飲料的話，各種花茶包、拿鐵、美式、氣泡水，選擇多到喝不完。還好，咖啡喝沒幾口，幕僚就提醒時間，說我該趕下一個行程了，不然真的會一直想要買什麼。

　　蔦屋書店把優美的生活場景直接擺在眼前，讓顧客依照興趣喜好，立刻去實現自己的嚮往，果然是個高招。如果擔心衝動消費，蔦屋也貼心準備讓人可以放鬆思考的場合。在消費者已經習慣不出門，滑滑手機就能下單買書的時候，許多小型書店面臨生存考驗。要如何構築一個網路購物複製不來的銷售模式，帶給消費者更深刻的生活儀式感，是實體店面必須思考的功課，也是我推動經濟轉型政策時，需要去研究學習的。

政治人才的搖籃：
松下政經塾

　　人才是一切的根本，這次訪日的一個重點就是要到「松下政經塾」，觀摩他們如何培養政治人物。

　　「經營之神」松下幸之助所設立與經營的企業，是全球知名品牌 Panasonic、松下電器。其實在松下電器草創之初，松下幸之助曾經典當太太的和服以籌措資金，經營得非常艱辛。後來靠著全體員工的努力，研發出「松下三寶」洗衣機、冰箱、電視，快速發展業務，終於成為文明世界的電器大廠。

　　松下幸之助在八十四歲高齡時，深感人才培育的重要性，於是耗費八十億日圓，打造了松下政經塾，四十多年來作育英才無數。許多日本政經界的領袖人物，都是松下政經塾出身，包括我在二〇一九年訪日時認識的宮城縣知事村井嘉浩先生、日本前首相野田佳彥先生，以及現任總務大臣高市早苗小姐、現任內閣官房長官松野博一先生等人。近三百名的畢業塾生當中，有三十五人選上國會議員、兩人曾任知事、十一人擔任過市長。松下幸之助希望有更多頂尖人才為日本創造新政治的可能，這一點讓我相當佩服。

　　這次參訪松下政經塾的校園，我強烈感受到松下先生為日本培育人才的用心。塾內布置典雅，西式建築搭配日式庭院，因為松下先生認為東西之間不必對立，而應該截長補短，讓人類的文明與文化相互碰撞出更耀眼的火花。除了聽取課程簡報，我也坐下來跟塾生們一起享用午餐，炒豬肉片、南瓜跟洋芋涼菜、味噌湯和白飯，

再配上一杯熱騰騰的日式綠茶，滋味簡單。也許透過一頓餐食，讓塾生緩下心來細嚼慢嚥，得到充分的飽足感，也是訓練的一環。

松下政經塾培育學生的方式很不一樣，他們透過跑步、體操、劍道，進行紀律跟體力的磨練；以自我修習、發表觀點的學習方式，讓塾生掌握治理國家的正確之道。來自四面八方的塾生有不同的政黨與立場，但四年時間一起住在宿舍，有非常多機會可以交換意見。校方特別強調，學生們到此只有一個共同的想法，就是想為國家做點什麼。

這也是我參選總統的目標，我要集結不同黨派、共同理念的人們組成聯合政府，「**讓台灣再團結一次**」。我要把松下政經塾的參訪經驗帶回民眾黨，如果有機會，也希望台灣能繼新加坡李光耀學院、日本松下政經塾之後，成立亞洲第三座政經領袖培育學院，為國舉才，讓台灣的政界、企業界都有更多正派專業的人才。

串聯世界的窗口：
日本外國特派員協會

走進東京有樂町一棟大樓的四樓，原木色調的裝潢，美式氣派當中帶點和風的簡約。這裡是駐點在日本採訪報導的外國特派員俱樂部。一九四五年二戰結束時，盟軍司令麥克阿瑟將軍授權盟國、中立國媒體記者組成新聞俱樂部，目的是確保國際新聞的自由與正確性，於是「FCCJ 日本外國特派員協會」就在東京成立了。

由於 FCCJ 的地點靠近日本政府行政機構，從二戰之後一直到現在，都是日本與世界媒體連結的重要窗口。日本的歷任首相、政治家、訪問日本的外國領袖，還有日本的藝人、運動選手，也都會受邀到這裡開記者會。FCCJ 的外國記者問問題向來是單刀直入，毫不保留，許多政要的爭議風暴就是在這裡被揭開，像是前首相田中角榮也是被 FCCJ 記者輪番追問資金來源問題，引咎下台。

一進到會場，我看到藍底繡著金字的布幕背板，台下滿滿的記者跟攝影機，我整理好心情之後，發表以「台灣新政治」為題的演說，和來自世界各國的媒體記者，談談台灣應該如何如同十九世紀日本的「維新時刻」，進行文化與價值上的改變，成為進步的

海洋民主國家。我主張為了確保海峽兩岸的和平，台灣應該是美中溝通的橋梁，不是美中對抗的棋子；台灣應該是團結和諧的國家，不是分裂鬥爭的國家；台灣應該是美麗之島福爾摩沙，不是「兵凶戰危的地方」；台灣應該由清廉、勤政、愛民、愛鄉土的政府帶領，而不是口號治國、大撒幣、債留子孫、製造仇恨分裂。

聽完我的演講之後,各國記者提問相當踴躍,主要焦點不意外是兩岸問題。來自德國的記者問我,對於中國習近平政權有什麼看法?我認為不可以把習近平政府視為永久的中國政府,而且如果中國政治改革沒有追上來,經濟改革的成果也會消失。此外,我也請問在場所有來自民主國家的記者們:「**如果我們都相信普世價值,為什麼認為中國永遠不會有民主自由?**」「**Never give up to transform China!我們要協助中國進入文明的國際社會。**」

　　也有日本媒體關心我的兩岸政策跟民進黨、國民黨有何不同?台灣人民當前最關心的是民生議題,或者是台海問題優先?我一一說明要和中國建立互信,多溝通交流;台海情勢相當嚴峻,但台灣的人民卻缺乏憂患意識,這都是政府該注意的。

記者問完問題之後，協會方送我一張一年期的會員卡做為紀念，有了這張卡，我以後就能到外國特派員協會專屬的咖啡廳，像所有的會員記者一樣，一邊眺望東京美麗的都會市景，一邊品啜咖啡、享用西點，約訪重要人士，或者像聽完我剛剛的演講與提問回答之後一樣，腦力激盪用最有效率的方式編輯整理報導，傳遞到世界的每一個角落。

美國──自由台灣，對話之旅
To know and to be known

在與美國高層官員會談時，我多次提及台灣的現況與困境，希望
美方除了給予台灣軍事支持，也能協助台灣加速進入區域經濟組
織。台灣希望扮演美中兩大強權之間溝通的橋梁。維護民主自
由是我們的底線，提高善意、化解敵意，減少誤判、化解衝突
是我的目標。

正式投入總統大選前，我安排了一趟重要行程，這是我擔任公職以來，第一次離開台灣這麼久。飛越一萬兩千公里，帶著台灣人民堅定追求民主自由、和平穩定的心聲，對話啟航。

人民真實的聲音：
台灣要變得更強，才能自立自主

美國是世界上最強大的國家，是台灣重要盟友，與我們的國防安全關係緊密。經濟上，美國是台灣出口第二大國，貿易額持續上升。美國國會在這幾年更陸續通過許多友台法案，這些法案一面促進美台軍事、文化與外交的合作，一面也牽動著美中台三角關係。

身為即將代表台灣民眾黨參選總統的我，絕對有必要與美國高層官員、國會、智庫、企業，及台僑進行直接交流接觸，了解當前台海局勢、台美戰略與經濟夥伴關係；身為台灣民眾黨的主席，台

灣第三勢力的代表，我更希望藉由這趟出訪，向我們的國際友人傳達台灣人民真實的聲音，我們堅定站在民主自由的一方，也盼望著區域和平與繁榮永續。

出訪前，外界並不看好，各種酸言酸語、臆測、冷嘲熱諷如影隨形，很多人預言「柯文哲誰都見不到」。然而我們並不浪費時間與外界辯解，訪團成員不多，每個人都十分清楚此行的定位與各自肩負的角色。出訪前我們在每一個城市設定主題。紐約與休士頓，偏重與僑界、學界、產業互動；到華盛頓特區除拜會行政高階官員，也安排多場智庫演講，更藉由美國本地媒體專訪、校園演講，闡述我的從政理念。中間還把握空檔到全球頂尖的電子、生技、醫療產業參訪。這也是一趟學習之旅。

在與美國高層官員會談時，我多次提及台灣的現況與困境，希望美方除了給予台灣軍事支持，也要提供更實質的協助，例如協助台灣進入區域經濟組織，台灣要變得更強，才能自立自主。台灣希望扮演美中兩大強權之間溝通的橋梁，而不是任人擺佈的棋子，在兩岸關係上，維護民主自由是我們的底線，提高善意、化解敵意，減少誤判、化解衝突是我與台灣民眾黨的目標。

二十一天行程滿檔，我拜會了美國前國務卿龐培歐（Mike Pompeo）、德州州長阿博特（Greg Abbott）、國會台灣連線共同主席Mario Diaz-Balart、共和黨眾議員Brad Wenstrup、德克薩斯州民主黨眾議員Lloyd Doggett、伊利諾州民主黨眾議員Jonathan Jackson、共和黨德州眾議員Michael Cloud與John Carter（眾議院軍事小組聯合主席）與前眾議員Kent Hance、德州參議員John Whitmire。

我要在此特別感謝所有訪團成員的努力，感謝紐約、波士頓、華盛頓、休士頓僑胞們的熱情相挺，因為你們秉持著讓台灣更好的信念，陪著我們突破重重限制與打壓，讓許多人跌破眼鏡。

回顧這二十一天，回台灣的飛機上，我從高空俯望這片美麗的土地，更堅定參選的決心。**台灣是美麗的福爾摩沙，我願未來外媒報導台灣時，不會再以「世界最危險之地」入標，不再是兵兇戰危之地；我也相信只要我們團結、堅定方向，台灣絕對足以再度成為亞洲的驕傲，再度讓世界欽羨。**

Go Mets！
當球賽不只是球賽

抵達紐約當天，正好碰到假日，公家機關都沒有上班，加上一行人還在調整時差，幕僚特別安排我參觀紐約大都會花旗球場（Citi Field），感受一下紐約客的日常。

四月份的美國依然寒冷，空曠的球場冷風狂襲，站沒一會兒臉就凍僵，不過這樣的氣溫對當地人來說似乎是小case，偌大的球場幾乎座無虛席，隨著球賽開打分秒接近，空氣中瀰漫的熱情期盼，驅趕了低溫。

　　大都會球場共有四萬兩千張座位，滿場時非常壯觀，熱門賽事還會賣到站票。當然，場地的維護費無論是座椅、記分板、天然草皮保養維護費用都很驚人，我對於這麼大型的球場如何營運非常有興趣，畢竟大巨蛋很快就要落成啟用，雖然不能在我擔任台北市長時開幕，我仍然對於大巨蛋即將串起東區廊帶與運動產業鏈，給予高度期待。

大都會球場亞洲市場負責人是位台灣人——王偉成 Wayne。王偉成在美國念完書後，直接留在美國工作，他非常熱情的接待我們，還傳授不少球場經營的心法。

　　Wayne一邊帶我們參觀球場各樓層的動線設計、餐廳、賣店，一邊快速簡介球場的營運模式，除了售票外，食物與紀念品也是重要收入來源。花旗球場有各種等級的包廂，人們可以一邊看球、一邊享受與朋友的社交活動，最近還新設親子包廂，提高父母帶孩子進場意願。而在非賽季期間，球場會舉辦演唱會、足球賽，提高使用率；球團更鼓勵球員到社區、醫院，做義工或者陪孩子們打球，加強社區關懷，也讓孩子從小接觸棒球。

　　不只棒球迷喜愛，這座球場對許多台灣人來說，還有著特殊的情感意義。大都會球場每年會固定舉辦「台灣日」活動。當晚，大批球迷在場內揮舞國旗、穿上背號 1 號的紀念球衣，有如台灣軍團在異鄉集結，像一場熱鬧的嘉年華。即使不懂球賽，也會被數千名台灣人、一同集結在異鄉團圓的興奮，深深震撼感動。

紐約是個種族大熔爐，亞裔人口不少，大都會花旗球場也辦過日本文化遺產之夜（Japanese Heritage Night）、韓國之夜（Korean Night）、中華文化之夜（An Evening of Chinese Culture）、菲律賓文化遺產之夜（Filipino Cultural Heritage Night），以及亞裔與太平洋島民遺產之夜（AAPI Heritage Night）。Wayne 認為舉辦這類活動不但可以讓球場與在地居民的文化連結，培養對球隊認同感，也可以讓聯盟開拓新的球迷，將棒球文化帶進更多族群的生活中，是很聰明的作法。

台北大巨蛋同樣是有四萬多個座位的場地，可以提供各個角度的球迷極佳的觀賽品質、不受到天候影響。期待管理者能勇於伸出觸角、發揮創意，串起一整個東區廊帶與運動產業鏈，好球不斷！

The High Line：
難得悠活，漫步紐約高架鐵道

　　二〇一六年，我在台北市長第一任期時曾造訪紐約，看見城市舊鐵道如何成功與都市計畫結合，搖身一變成為紐約的城市花園、觀光新亮點。這次訪美，我再度前往這座差點被拆除的高架鐵道，發現短短七年，它又長成了更美麗的樣子。

　　高架公園的前身是運送肉品、食品原料的鐵道，卻在一九八〇年後隨著美國貨運改用公路運輸，火車運輸逐漸蕭條終至停駛，沒有火車經過的鐵道也無人維護，雜草叢生、一度荒廢有如城市毒瘤，差點被拆除。

　　幸好，紐約念舊也前瞻，他們想要保留這段與城市共生共榮的文化；一九九九年，在當地居民的努力號召與說服下，紐約市府決定保留鐵道，並透過啟動 High Line 的維護與再利用計畫，不只保留舊鐵軌與實心枕木，連雜草也被梳理得很文青。

　　我們沿著 2.33 公里長的舊鐵道漫步，從高架上瞭望截然不同的紐約風景，它並不是一條腸子通到底的制式規格，每一段高架花園都有豐富特色，細緻地將每棟連通的建築串接得毫無違和感。走累了就坐在長椅上喝杯咖啡，或順道進商場逛逛，看景也看人，愜意

自在。The High Line 不但振興了沿線的房地產業，每年更吸引著數以百萬計的遊客來參觀，可謂國際上最成功的都市重劃案之一。這一切的過程都是民眾自發，由下而上成功活化古蹟的案例。

　　二〇一六年我初次到訪時，就對紐約的 The High Line 十分驚豔，當時一聽說設計團隊中有台灣人，回台北後，我立刻邀請他參與規劃南港 4.2 公里的空中綠廊帶。透過好幾年嚴謹的都市設計，南港也即將有一座南港綠廊公園，預計在五年後即可串聯南港展覽館、三鐵共構的南港車站、北部流行音樂中心的生態空中公園與南港新地標。

　　羅馬不是一天造成的，都市更新再造一定要看得長遠。新與舊之間不必然互斥，也可以透過設計和諧相融，延續溫度和歷史。如此，即使是廢鐵道也能在充滿現代感的高樓間，成為最被注目喜愛的亮點。

心存善念，凡事盡力：
朋友的朋友，想像不到的援手

　　華盛頓是美國中央政府所在地，官員多、議員多、智庫也多，待在華盛頓的行程，絕對是重中之重。短短五天，我拜會國會台灣連線共同主席 Mario Diaz-Balart、共和黨眾議員 Brad Wenstrup、德克薩斯州民主黨眾議員 Lloyd Doggett、伊利諾州民主黨眾議員 Jonathan Jackson、共和黨德州眾議員 Michael Cloud 等多位國會議員，他們好幾位都對台灣留有深刻印象，甚至曾經造訪台灣，在與他們的互動中，我清楚感受到他們對於台海緊張情勢的關心，表達願意與台灣站在一起的態度，我也把握機會向國際友人們闡述台灣國際生存空間被擠壓的困境，希望美方除了軍事上的支援，也能「協助我們加入國際區域經貿組織，厚植國力，那將是對台灣最大的幫助」。

　　在 DC 的最後一天，透過朋友的安排，我來到「哈德遜研究所」（Hudson Institute）會見一位台灣民眾應該都不陌生的人物，他就是美國前國務卿龐培歐，龐培歐先生曾當過美國中情局局長和國務卿，不僅博學健談，還意外的親切。

我記得我一開始向他介紹「台灣民眾黨」時，還有點不好意思的說「我想99%的美國人，應該都不認識我們第三黨」，沒想到龐培歐先生馬上對我說：「我想99%的美國人也不認識其他兩黨。」語畢，全場都笑了。龐培歐先生也給了我很實際的建議，他認為美國跟台灣關係經常僅限於政治對政治，如果民眾黨可以組成跨黨派、包含企業參與的多元訪團，反而可以增加更多與美國政府對話的機會。

　　我與龐培歐先生會面的消息很快傳回台灣，側翼「名嘴」原本還在政論、網路上唱衰柯文哲的訪美行，突然間風向大變，有人繼續酸言酸語，開始猜測這趟會面可能是「花錢來的」，其實背後的故事，連我自己聽完都不敢置信。

　　早從三月傳出我要率團訪美開始，各界就在猜測「柯文哲可以見到誰？」「最高層級到哪邊？」。然而根據外交默契，儘管行程已經敲定，我們也不能提前曝光，否則很可能使對方受到關切而被改期或取消。因此，我要求團隊嚴格封鎖訊息，無論如何被嘲諷訕笑，也要笑謗由人。沒想到這樣的「媒體效果」，意外帶來了驚喜。

　　一位自稱旅美的工程博士徐先生，主動打電話到黨部，指名要找柯文哲訪美小組，並稱他能夠安排與多位參眾議員、州長見面。幕僚當然不敢輕信，經過多次電話、信件往來，甚至到了當天，前置人員還先到現場確認真有其人，才放心讓我下車與龐培歐先生會面。

　　隔幾日，我與徐博士晚餐並感謝他的大力幫忙，我十分好奇他的背景，更好奇他為何居間引薦，他這才透露自己有個朋友，曾經在台北市政府擔任某局處的科長，因為很肯定我過去在市府期間的

工作態度，卻在媒體上看到我似乎處處碰壁的消息，因此不忍心，主動打電話拜託徐博士協助，才成就了這樁美事。

聽完徐博士這番話，我們都愣住了，我從不曾想過，這是只有兩三面之緣的舊部屬的好意安排；但這也驗證了我的人生哲學，只**要心存善念，凡事盡力而為**，終究會有回報。

A free press matters：
新聞自由至關重要

我始終相信，「獨立媒體」是維繫民主社會的關鍵力量。在華盛頓的最後一天，我接受全球知名媒體美國之音（Voice of America, VOA）專訪。一九四二年二戰正打得火熱期間，美國之音肩負著戰爭廣播使命而成立，她的總部座落在首都華盛頓聯邦大樓內，入內還要層層安檢。美國之音每週向全球約 2.366 億人播放約 1800 小時的廣播和電視節目，並以四十七種語言向世界傳播，他們堅持一刀

不剪、不收商業廣告，確保編輯自主 。

　　由於美國之音是由美國國會撥款營運，因此被嚴格要求新聞產製過程獨立、公正、客觀，避免政治勢力或商業干預，更號稱「權力與真相之間的防火牆」，若官員想來關說，還可能多背一條「干預新聞自由」的負面報導，讓大家都不敢輕易越界。

　　專訪前，主持人樊冬寧小姐特別帶我參觀電台位於地下室的廣播室、攝影棚，他們的走廊曲折像迷宮，外牆非常厚重，猶如一道堅固的地下堡壘，這是因為美國之音在戰時成立，必須確保在受到攻擊時，人民仍能接受到資訊。

　　A free press matters. 的確，自由的媒體環境至關重要，記者該做的是報導真相，而不是服務權力，更不是政府的附隨組織。而政府也不該藉由補助、廣告，伸手操控媒體，為自己擦脂抹粉，甚至打壓政敵。

「只要對民主跟自由有信心，就不需要干預新聞，這有利民主國家長期發展。」我和美國之音的朋友分享這段話，這也是我對台灣媒體的期望。美國之音鼓勵記者挑戰權威，儘可能如真如實的報導真相，勇敢站在權力的對立面，我也期待台灣有這樣的獨立媒體，報導真相、不被權貴綁架。

Part 3
台灣的
未來

台中一中——
認真，是對人生最大的幫助

「柯P，十八歲公民權修法沒有通過，高中生是沒有投票權的，你怎麼會來台中一中演講？」有時候我到高中演講，連邀請我的校方都會有點不好意思地提醒我：「來這裡沒有票噢，真的要來嗎？」

老實說，我當然是希望聽過我演講的每一個人都可以投票給我，但是我也不會因為什麼族群沒有投票權，就覺得跟他們進行交流溝通是浪費時間。所以台中一中邀請我去演講，我還是爽快答應了。

一進到校園，就有男同學起鬨地從樓上大喊「哲哲我愛你」、「柯文哲我大哥」；接著我走進演講的禮堂，好幾百位男同學已經就定位坐好，有些同學看起來就是剛上完體育課的樣子，一瞬間就讓我感受到青春的活力，彷彿回到四十多年前的竹中，不由得讓人感嘆年輕真好。

只有你
能為你自己做決定

眼前這群學子正面臨選大學科系的迷惘，有人問我：「會建議

為了讀醫科，而去重考嗎？」身為過來人，我當然理解青少年實在很難在這個階段，就選定自己未來一生的志向。也有很多人選擇科系並非根據自己的興趣喜好，而是因為父母長輩和媒體評論都覺得某個科系比較好，好像比較有前途、能賺比較多錢。

我無法替發問的同學選出最適合他、最符合社會期待的科系，但我可以分享的經驗是，如果你是為了要賺大錢才去考醫科、當醫生的話，還是趁早放棄吧。其實過去我在醫院所接觸的病患，很多人的經濟狀況都不好，醫生滿心想的只有怎麼做才能趕快治好患者，哪有心思去想要怎麼賺錢。如果腦袋靈光的同學想要賺大錢的話，還不如往半導體業發展，或者創業比較快。另外，我也提醒同學要想清楚，當醫生三不五時就會半夜被叫起來去開刀，真的要對救人充滿熱忱，才有辦法懸壺濟世一輩子。

講到這裡，有同學突然很關心我的身體狀況，問我現在健康嗎？我都已經六十多歲了，身體當然是沒有高中生好，爬樓梯時偶爾關節會痠痛，但整體來說還好啦。我也告訴同學們，健康跟遺傳有很大的關係，父母或近親有什麼癌症的話，子女罹患同樣癌症的比率也會比較高。很多孩子的生活型態跟飲食習慣與父母相近，所

以也比較可能罹患同一種慢性病。

關心完身體健康，同學們連我的人格特質也關注起來，問我覺得自己的缺點是什麼？關於這一點，我必須坦白說，我有時候太自我。那麼要怎麼改善這個狀況？我能想到的是每天都盡量對別人好一點，能幫忙的事多做一點。

最後我給台中一中同學們的勉勵是：用功讀書，不論你多聰明，想考上醫科還是得努力念書；**認真是一種文化，養成認真的習慣，會是對人生最大的幫助。**

世新大學——
培養媒體識讀能力，建立韌性社會

來到世新，我重拾教授身分，在全校學生必修的「全媒體識讀」課程，以「被報導者」的角度，跟學生分享被媒體追逐的經驗，並且從醫生、市長的觀點，分析媒體亂象、認知作戰、「帶風向」等社會現象。

「假新聞這麼多怎麼辦？要怎麼把假新聞禁掉？」不論是拜訪宮廟、與產業代表聊天，或者是去逛夜市吃東西，都有不少人會問我這個問題。

五月時，我受邀到世新大學，以「台北市長：一個常被媒體採訪的對象」為視角，替學生們上一堂媒體識讀課。剛好藉此機會，我也可以好好談談假新聞的議題。

一早八點的課，我走進世新大禮堂，台下學生人數坐不到三分之一，我一度納悶，難道同學們對媒體識讀已經這麼沒有期待了嗎？助教解釋說，這堂課是五個不同科系，總共兩百個學生一起修的通識課，教室選在七百人的大禮堂，所以才會看起來有那麼多空位。他還透露，其實很多沒修這堂課的學生想要來旁聽。真是謝謝同學們這麼給面子。畢竟我擔任台北市長八年，加上參選經驗，幾乎是三天兩頭就要接受媒體採訪，跟記者過招的經驗，應該是近期政壇數一數二豐富的人了。

沒有一句假話，
也可以操作報導風向

　　我舉自己當例子，從以前到現在，晚上回到家打開政論節目，每一台都在罵我，而且有些名嘴、民代罵的方向很一致，甚至措辭也差不多。其實那根本是政黨中央廚房給的資料，教他們怎麼修理政敵。

　　我也舉車禍的例子來說明媒體報導的角度，是怎麼帶風向去引導閱聽人的詮釋。「昨天第五街發生一起車禍，撞人的駕駛是一名大學教授，去年才得到國科會的獎項，而他這次發生車禍，是因為急著去醫院探視生命垂危的母親。」其實這個事件本來只是一起車禍，誰對誰錯取決於雙方是否遵守交通規則、有無超速酒駕等等，標準相當客觀。但是記者這樣一報導，閱聽人難免自動同情肇事的

教授，覺得其情可憫，自動替他減刑。反過來，如果記者刻意強調肇事者的黑歷史，說他曾經妨礙性自主，常常喝得醉醺醺，那麼無論這次車禍肇事時駕駛是否喝酒，都會讓人覺得他罪加一等。假設有人要操作新聞角度，即便報導中沒有任何一句假話，效果也可以這麼厲害。

那麼為什麼有人可以介入操作新聞呢？因為現在的傳統媒體，要是只靠廣告收入，早已經無法維持財務平衡，必須多接業配、多搶標案，才不會虧錢。於是出錢的人當然就可以對新聞報導的方式指手畫腳。

以前民進黨高喊「黨政軍退出媒體」，現在呢？現在黨政軍就是媒體，他們想吹捧誰就吹捧誰，要黑哪個政黨就可以讓媒體公器盡情抹黑。所以，回到同學的提問：「假新聞這麼多怎麼辦？要怎麼把假新聞禁掉？」事實上，假新聞根本禁不掉，永遠沒辦法徹底杜絕有心人士操弄新聞的各種手段。

我們同樣可以用車禍來舉例，你不能因為怕被車撞到就永遠不出門，應該學習的是「停、看、聽」。看到一則新聞，先停下來，不要馬上相信，多看多聽其他不同角度的報導，養成新聞查證的能力。**我們不可能期待世界上沒有假新聞，但我們能夠培養人民媒體識讀的能力，建立韌性社會，把假新聞對國家的傷害降到最低。**

崑山科大——
人生無懼，勇敢飛翔

參訪崑山科大的「時尚藝廊」與「國際咖啡認證中心」，看到
學校斥重金打造學習場域培育產業人才，我感到非常敬佩與讚
嘆，藉此也了解校方如何扶植咖啡產業專業渠道，培養學生建
立專長、考取證照，甚至成為國際級選手。

雖然我跟時尚完全搭不上關係，也不太懂得服裝潮流，但觀賞崑山科大的模特兒伸展台走秀，還是不免內心震驚。該校是台灣南部歷史最悠久，也是數一數二的科技大學，透過這趟參訪我想要多了解技職體系的現況，而這些美麗的學生和老師們則給了我一場時尚潮流洗禮。

　　崑山科大的時尚展演事業系非常知名，我來到這裡看到的第一場展示，是一場小型的走秀，雖然模特兒不多，但學生們舉手投足間展現出來的專業架式與氣場，令人驚豔。系上老師還帶我參觀保存名貴婚紗的儲藏空間，裡頭隨便一件婚紗都要數十萬，甚至上百萬起跳。結個婚要這麼貴，真是嚇死我了。這些名貴衣服要靠恆溫恆濕的空調設備保存，專業學問也是不少。

幫助學生在築夢時，
少繞一點遠路

　　餐飲系則是崑山科大的培育重點，這裡有一座獨步全台的「國際咖啡認證中心」，設備包含同步國際標準的感官咖啡評鑑室，以及各種高級咖啡烘焙沖泡器具。我自己不太喝咖啡，但光是看到這些設施，也看得出來學校的確在硬體設施方面下了重本。國際咖啡認證中心的用途，是讓學生在符合國際大賽的環境裡進行培訓，如果畢業後想開咖啡廳，也可以在校園裡先模擬演練，提早學習如何應對咖啡業者、店員，還有會遇到什麼營業問題。如此一來，將來築夢時，才能少繞一點遠路。

　　崑山科大的師資也是相當壯觀，時尚教父洪偉明、聯電集團榮譽副董事長宣明智、台灣第一位米其林二星主廚江振誠、名模林韋君都是學校裡的老師。名師出高徒，傑出校友包括二〇二二年拿下了台灣第一座葛萊美「最佳專輯設計包裝獎」的視覺傳達設計系于薇，餐飲系大四生賴力弘則以最年輕的選手身分，在二〇二三年的

WCE 世界盃咖啡杯測師大賽中過關斬將，拿下台灣區冠軍，二○二四年更要代表台灣前往美國參加世界大賽。賴同學在咖啡上拉花畫出我的臉，看起來真的滿像的，小小一杯咖啡能夠掌握一個人的神韻，實在很強。

見證學生們在自己擅長的領域裡達到驚人的成就，我感到佩服又欣慰。最後在演講中，我告訴所有準備迎向未來的同學們：Just do it ！你不用急著立刻要成功，因為在挫折中也能尋找方法，在兩難中也能做出決定，讓自己在想走的道路上堅定前行，認真過每一天、快樂過每一天，這樣就對得起自己了。

台大總統馬拉松——
世代接棒，攜手向前

我常到各大專院校、高中演講，希望和青年建立穩聊關係，既然是「穩定聊天」的關係，那麼接受同學們面對面提問，有什麼好逃避的？台大政治系學會跟亞太青年協會舉辦「二〇二四校園總統馬拉松」活動，提供了一個很好的平台，讓青年朋友們有機會近距離與總統參選人討論國家政策願景。

這場「二○二四校園總統馬拉松」活動，邀請藍綠白三位總統候選人跟學生們交流，除了演講之外，還有一個小時的 QA 時間，我準備好兩岸、環保、教育、交通、能源、房價、產業各種政策說帖，要接受台大學生們的拷問。

才剛走進會場，看見主辦單位的年輕學子們都換上正式西裝套裝，專業中帶點青澀，實在很青春熱血。他們的眼神中充滿對未來的盼望，讓我更加覺得身為總統候選人，當然要清楚說明各個議題的政策，不能含混敷衍。

到了提問環節，不同於飽經世故的大人潤飾過的委婉問法，許多同學的問題很直白，針對兩岸政策開槍，這一點我已經習慣了，因為這幾年我不斷被抹紅，包括檳榔、中共同路人等等標籤，難免讓年輕人覺得很多疑問，能有機會問清楚，當然要好好問。還有同學的問題聚焦在每天的日常，像是車禍死傷那麼嚴重，到底要怎麼改善？現在各種產業缺水缺工，又要怎麼救？有同學則放眼未來，問永續環保除了喊一喊，還能怎麼實踐？淨零碳排、非核家園真的做得到嗎？不少學生也對選舉很關心，問我怎麼提升民調，聯合政府如何實現？

　　其中有一位同學想提問尖銳的問題，不過他個性比較溫和，所以婉轉地說民眾黨有些地方候選人形象比較爭議，要怎麼避免這樣的狀況影響到整個黨的形象？我心想，同學你不用這麼客氣，我知道側翼是怎麼抹黑的，於是我直接替他說出：「你說我們提名的部分候選人是黑道……」話一出口，台下一片笑聲，也有人打斷：「他沒有這樣說啦。」當然，年輕人最關心的低薪、高房價等問題，還有教育、司法改革等等題目，台大的同學同樣都問了一遍。

同理青年的焦慮，
打造屬於青年的政治

　　活動 QA 時間總共一個小時，開放給十五位同學發問，扣掉提問時間，其實只剩下差不多四十五分鐘，當然不可能針對每個議題都說明得很詳盡，不過我已經盡量闡述了我的立場跟大方向。我還要求將這些 QA 的過程都製作成影片，放在我自己的 YouTube 頻道，讓所有人都能夠重播收看，好好檢視我的主張。

　　結束提問之後，台大同學邀請我進行一個比較輕鬆的快問快答，問題像是：台大附近什麼餐廳好吃、以前在台大有沒有自己的祕密基地等等。也許這並不是什麼深入的問題，但我所謂的穩聊關係，當然也都歡迎來聊這些日常主題。

　　我不認同很多政治人物老是把「國家未來的命運掌握在年輕人手中」這類的話掛在嘴邊，可是他們挺青年朋友的方式，卻常常只是在開記者會的時候，叫一排年輕人站在後面當背板。記者會結束以後，青年真的在想什麼，他們卻懶得理解。我一直都覺得**務實改善青年的困境、解決青年的問題，是我們這一代從政者不能迴避的責任**，所以我從不避諱讓學生直球對決提問，唯有仔細傾聽他們的問題，才能知道他們的想法，同理青年的焦慮，打造出屬於青年的政治。

高雄餐旅大學——
教育與市場和世界接軌

　　「台灣好山、好水、好好吃」，這句話一點也不假，我走訪全
台，到哪裡都會被招待美食，身材因此厚實不少。觀光和餐飲
一直都是台灣的絕對優勢，位在南台灣的高雄餐旅大學，則是
為這兩大重要領域培養出許多優質人才。

二〇二三年六月初，我來到高雄餐旅大學，看看這所在觀光餐飲業上執牛耳的學校，如何在產學間扮演關鍵角色，讓年輕學生提早了解市場需求，培養關鍵技能。

　　大學校園裡有模擬五星級客房的群賢會館，平常讓外賓使用，同時提供相關科系的學生進行校園實習。而華航為了提早插旗與培育航空業新血，甚至大手筆捐贈航空模擬機艙，而且是商務艙！這讓學生們可以沉浸式體驗空服人員的工作項目，從指揮動線、備餐，到最重要的逃生演練，一應俱全。就在老師跟學生認真介紹的同時，我忍不住坐下來放空一下，畢竟我平常搭機出國能省則省，不是廉航就是經濟艙，難得有寬敞的商務艙可以伸直腰腿，怎麼能錯過呢？

缺工，勞工又賺不到錢，
是產業環境出問題

　　除了交通和住宿，飲食在觀光產業裡也是非常重要的一環。高

餐大不只有完整的中西廚藝系所，為了和世界接軌，還與法國藍帶國際學院合作，在自家校園內開設全台灣唯一的一間藍帶分校。

走在校園裡，遠遠就可以看到那棟白色的教學建築，非常搶眼。這所藍帶分校提供法國料理和甜點課程，建立從零到有的認證制度，不光讓台灣學生一窺世界頂尖料理的殿堂，連周遭國家的學生也慕名而來，間接促進該校學生和國際交流的機會。雖然每次有人問我東西好不好吃，我都說吃東西就是碳水化合物、蛋白質、脂肪，但我也相信，法國料理在世界上有著崇高的地位，能夠讓學生看看大師是怎麼做的，對於學生的技藝發展肯定有所幫助。

擁有良好的師資設備，學得一身技術，那麼餐飲科系的學生們畢業後會面臨什麼樣的困難呢？學生們在演講結束後的提問中告訴我，他們對未來有許多憂慮：餐飲服務業太辛苦了，人力

短缺，開店的老闆常常因為僱不到內場外場的人員，忙著訂貨的同時還得下場切菜送水。有些苦心經營的餐廳，最後因為招募不到服務員，只能關門大吉。

　　學生問我究竟需不需要進一步放寬移工人數？如果移工太多，也會讓整個就業市場更競爭，會不會影響台灣年輕人的權益？我走訪產業、校園第一線，發現**台灣的致命問題，就是「缺工又低薪」；照理來說，這兩件事情不應該並存，既然勞動力不足，薪水就會高一點才對**。但台灣既缺工，勞工又賺不到錢，顯然是產業環境出了問題。我們必須想辦法，不要讓台灣在越來越惡劣的就業市場當中，競爭力消耗殆盡。

嘉義女中——
實現諾言，遲到總比不到好！

「我們是嘉義女中的學生，想要邀請您，以醫生身分來幫我們做一堂演講，這是我們親手寫的邀請函——」二○二三年二月我騎著一日北高，剛剛騎到南部，又累又冷的當下，一群女高中生突然包圍正在休息的我，她們用緊張生澀但親切的語氣，邀我有空走一趟她們學校……

對於學生的真誠邀約，我當然是答應了。不過時間一排就是排到四個月後。

到嘉義女中演講時，我都忘了是一日北高時被她們堵到，才答應這個邀約。我的演講題目是「我的人生觀」，和高中生們分享我如何從一個當了三十多年的外科醫生，後來遭遇愛滋器捐案、國科會案、MG149案，在兩年之內，被一堆單位調查，包括衛生局、衛生署、醫策會、監察院、立法院、地檢署、調查局、公務人員懲戒委員會、醫師懲戒委員會、審計部、銓敘部，還有國稅局的查帳。「本人經過中華民國五權憲法的磨練，最後變成了台北市長……」講到這裡，台下同學全都笑了出來，我無奈表示妳們還笑得出來，因為妳們不是當事人，不知道這種痛苦。

演講結束，進入提問環節，嘉義女中的教官搶在前問我，現在的學生們太沉迷於網路，像是被手機綁架一樣，要怎麼辦才好？其實我自己一有空，除了休息，也都在滑手機，當然手機上有很多重要訊息要看要回覆，也可以透過手機查詢很多資料，所以滑手機時也可以進行深度的學習研究。但如果只是花很多時間一直刷社群，除了娛樂，確實無助於自我提升。

給年輕朋友的建議：
訓練耐心和培養文字能力

　　現在的年輕一輩，非常擅長用短影片來分享生活，他們拍攝剪輯影音的能力，遠遠不是上個世代可以比擬的。但在文字能力方面，年輕的學生似乎就比較弱一點。我建議同學們，可以的話，要靜下心來，閱讀幾本厚書，細細品味書中的故事或道理，透過長時間的閱讀，訓練耐心跟培養文字能力都是很重要的。

　　有個活潑的女同學舉手搶提問，被點到之後，隔壁同學卻大笑

「她是幫我舉手的」，我當然看不懂這是怎麼回事？不過有時候年輕人的率性好玩，不一定是為了什麼。那位找人代舉手的同學問我：「如果人生可以重來的話，你會想要直接從政嗎？」她問題都還沒講完，我馬上說：「不會！」接著她又問：「為什麼你的募款平台要限定二十歲以上才能捐款，不是十八歲？」難道是個想抖內的朋友嗎？唉，政治獻金法規定，未滿二十歲者不能捐贈政治獻金。這是中華民國法律規定的，不是我限制的。同學還問：「可以跟你要簽名嗎？」講完她自己也笑了出來，要簽名當然是沒問題。

我要離開嘉義女中之前，又有幾個同學跑來告訴我，她們是嘉義女中「現代醫學研究社」的成員，原來一日北高時就是她們邀我來演講的。這麼一講我又有印象了，謝謝嘉女現代醫學研究社的同學們，祝福妳們畢業快樂，考取理想學校，找到人生方向。

住商不動產教育訓練——
成功與失敗，都是人生的養分

「如果確定會成功才願意去做，那麼人生恐怕沒有幾件事可以做了。」那天我到住商不動產教育訓練進行演講，分享我的人生觀。雖然這個演講題目我已經說過很多次了，但台下好幾百名的房屋仲介，聽得聚精會神，充滿學習朝氣。

我想到房仲們的職涯之路，一定是經常遭遇挫折，需要無比勇氣，才有辦法堅持下去。我由衷地想要激勵這些年輕朋友們，因此講得特別激動。我說，二〇一四年二月十七日，一個壓克力講台、一支麥克風、一張白布條，我就這樣宣布參選台北市長。那時候眾人都把我當作笑話，沒有人相信大家都不知道是誰的一個阿北，竟敢挑戰國民黨候選人，甚至能贏過國民黨候選人。

　　當時我剛好走在時代的最前面，被人民對政黨惡鬥、對執政不滿的浪潮推著走，一路由逆境慢慢突破。現在回頭想想，連我自己

都覺得實在是很不可思議。不過,當時我至少敢站在時代潮流的最前線,才能在風頭浪尖裡撐住,成為一九九四年恢復選舉以來,首位無黨籍的台北市市長。

正是台灣海洋民族的冒險犯難精神,帶著我一路走到這裡。

自己的人生路,
只有自己走得完

「永遠都要有咬緊牙關,只要再往前一步就好的毅力!」我做過最困難的事情,是「一日雙塔」,一天之內從台灣本島最北端的富貴角燈塔,騎腳踏車到最南端的鵝鑾鼻燈塔。當我做出這個決定時,幕僚跟我說:「別鬧了,一天要騎五百二十公里耶,你真的騎得到嗎?」我的態度很堅持,「還沒有騎,怎麼知道騎不騎得到?怎麼知道一定騎不到?」我義無反顧就拚了。當然事前做了很多體能訓練,但當天支撐我的不是體力,而是意志力。

咬緊牙關,賣力往前踩踏,這是一日雙塔的祕訣,而成功與失敗的差距,往往就只差一步而已。我告訴台下每一個努力拚業績的房仲:「我一個六十歲的阿北都做得到了,你們二、三十歲的年輕人做不到嗎?」「相信你自己,We can do something impossible!」台下給予我熱烈的掌聲,我笑說:「總經理,聽到了嗎?以後要通過這樣的考驗,才能給他升店長。」

不論有多累、不論多辛苦,盡力而為,盡力撐住,這個過程帶給你的,將是無數的經驗值。我小時候很納悶,為什麼唐三藏西天

取經要苦行十四年？他如果站在孫悟空的觔斗雲上，十萬八千里不是一眨眼就到了嗎？等到我中年以後，才終於體會到，自己的人生路，只有自己走得完。這一生所有的愛恨情仇、悲歡離合，只能自己去經歷，沒有人可以替你走，這就是西遊記的意義。

在萬物飆漲的年代，賣房子、拚業績是多麼辛苦的事，但是大家就盡力奮鬥吧。請記得二〇一四年的台北市長選舉、二〇一六年的一日雙塔；如果一個六十歲的阿北都敢挑戰一日雙塔，那你的人生還有什麼不可能？

人生永遠不會有準備萬全的一天，現在就去行動！不論成功與失敗，都會是你人生的養分！Never say Never！這些就是我分享給房仲們的心靈雞湯。

政大跨界創新與前瞻論壇──
往前看，相信自己現在做的決定

在這場論壇上，來自中國的學生直接提問我兩岸路線，也有同學問我執政的想法，要如何讓政治落實在人民生活的每一天？我的中心思想，就是讓老百姓都能快快樂樂的過生活，就這麼簡單。

政大國際關係研究中心的「跨界創新與前瞻論壇」暑期研習營已經舉辦了十八屆，這個論壇從過去就歡迎所有大專院校高年級學生、碩博士生參加，全球僑生、陸生和外籍生或畢業生也都能報名，因此可以聽取來自四面八方的不同聲音，就是因為這樣，當政大國關中心對我發出演講邀請時，我很快就答應了，因為傾聽不同的聲音永遠都很重要。

　　這次舉辦研習營的地點不是一般的教室，或者常見的會議室，而是選在政大這幾年剛蓋好的達賢圖書館，它位在政大指南校區旁邊，光從外型看就氣勢很不一樣，附近有水池和草原，依山傍水的景觀，彷彿像是渡假村一樣。建築設計採用的是近幾年很受歡迎，給人反璞歸真感覺的清水模，圖書館裡的通天挑高設計、一層一層往上擴展的格局，也讓人覺得在這裡讀書進修神清氣爽，效率似乎都能加倍，不愧能夠被評選為全台最美的圖書館之一。

　　不想打擾讀書的同學們，保持安靜的禮節，我快步進入演講場

地，以城市治理為主題，和研習營的學生們，還有社會人士、外籍學者一起交流心得。能夠有機會一次跟這麼多不同領域、國籍、族群、年齡別的人士齊聚一堂，我相當珍惜這一次的演講，當然也包括會後提問。

我希望人人遵守的價值跟榮譽：
平等、守法、正直誠信

來自中國的學生問我，我的醫學成就很高，會不會後悔沒有繼續從事醫學相關行業？其實這個問題很多人問過我，我的想法一直都沒有改變：**人生是一條單行道，因為根本回不去，所以不用回頭看。而且就算回得去，也不知道另外一條路會發生什麼事，所以請往前看就好，相信自己現在做的決定，就是最好、最正確的選擇。**

我常說，我很感謝在台大醫院三十多年的經歷，那裡的薪水沒有特別高，做的事情卻是特別多；台大醫院其實是一個違反經濟

法則的團體。這麼辛苦的環境還有這麼多人願意付出，就是因為台大醫院一百多年歷史打下來的品牌文化，和長年建立起來的超強榮譽感。

至於被問到在台北市政府的八年裡，最驕傲的是哪一件事情？我提到二〇一八年，我競選連任那一年，團隊在不熟悉法

規的情況下，租用的競選辦公室違反土地使用分區管制規範，那一帶的建物只有一、二樓能當作事務所使用，而我的辦公室卻位在四樓，因此台北市府建管處就把我的競辦給抄了。這代表的是公務員遵守法規，不會因為我是現任市長就給我特權，因此人民也會覺得法律是平等的。我認為，無論是其他縣市政府，或者是中央行政機關、總統府，也都要讓首長跟基層公務員遵守這樣的價值跟榮譽。

彰化師範大學──
任何的完美都是從錯誤中精進

我經常到學校或企業演講，雖然辦公室的美編同仁想幫我把PPT製作得很精美，但是我常會在前一天準備行程時，突然想要因應不同的聽眾，加強一些重點，所以往往就會自己改起檔案，把精美的版本拋開不用。

　　如果大家看到我演講時，背後播放的是白底黑字，非常簡配版的PPT，沒有錯，那就是我自己做的。

　　我演講一向不用看稿，更不需要讀稿機。當然，長達一個多小時的演說，也不太可能有逐字稿可以唸。但是有投影片的重點提示，對講者和聽眾來說，都比較方便。這回到彰化師範大學演講，邀請我的人力資源所同學，怎麼樣都沒辦法將電腦畫面連上投影機，努力維修了好一陣子，我只好說：「沒關係啦，沒有伴奏的話，清唱我也可以。」

　　這次演講的重點是用我個人職涯的歷程，跟同學們分享如何選擇未來的職業。演講結束之後，有同學問我在台北市政府的工作感想如何？還問我為什麼社會對公務員的評價，常常是過於保守，缺乏進步？

　　其實關於這一點，我不得不為公務員喊冤，我在台北市政府上班，八萬名公務員絕大多數都是非常認真專業的，但長久以來的企業文化，讓他們不敢創新。畢竟市府是受議員監督，萬一政策出了什麼問題，基層公務員的長官會在議會裡被議員電得狗血淋頭，甚

至就算政策沒什麼問題，不同政黨的議員為了政治攻防，都會用超高標準檢視施政。所以在市府很難有犯錯的空間，公務員多做多錯、少做少錯，到後來有人乾脆什麼都不做就不會出錯。所以如果長官要怪基層公務員不敢創新的時候，要先想一想，自己是不是有肩膀，給予同仁犯錯的空間。畢竟人非聖賢，不可能什麼事都設計得一步到位，馬上就做到完美，好的政策其實往往是從錯誤中慢慢 debug，一次一次修正，才能逐步規畫到沒有缺失。

理解你的選擇，
尋找你的方向

同學們也問我，以前當醫生的工作環境會比在市政府好嗎？「當然沒有。」我秒回答。

在台大醫院工作這麼多年，後來我從事任何工作，不論是台北市長或是選戰時期，我都不覺得有當醫生的時候累。我還分享以前看新進醫生什麼時候適應醫院的文化，就是看他們什麼時候開始不再戴手錶——外科醫生沒有確切的下班時間，因為你根本不可能預測今天會有幾個人車禍，或者會有幾個人受傷被送進醫院急救，這不像是白內障或椎間盤凸出手術，病患預約好時間，醫生可以判斷什麼時候會做完，大概也算得出幾點能下班。

況且，外科醫生就算下班了，常常半夜會突然被叫起來去動急救手術，所以我常呼籲想要行醫的學生們，真的要對救人充滿熱忱，否則這個行業太辛苦了。

　　要選擇什麼樣的工作確實不容易，雖然我只做過三個工作，醫生、台北市長、黨主席，不過身為工作狂的我，還是期待藉由我的演講，能夠幫助學生，無論在讀書還是就業方面，能找到多一點點的方向。

桃園市商圈產業聯合會——
危機也是轉機

新冠疫情期間，我實施台北市「微解封」，引發不少熱議。
然而我總是強調，這麼做不是冒進，而是帶著人民面對現實、
有策略的與疫情共存。真正負責任的執政者，必須懂得處理危
機，也要把握時機創造未來。

還記得疫情爆發時，嚴峻的防疫生活嗎？二〇二一年的夏天，因為新冠肺炎疫情，全台長達七十三天實施三級警戒，婚禮不能宴客、喪禮不辦公祭；停止室內五人以上、室外十人以上的聚會；休閒娛樂、展演觀賽場所暫停營業；只要出門在外就必須全程配戴口罩，因此也不能在餐廳用餐，通通只能外帶回家吃。民眾生活不便是自然的，但做生意賣餐飲的業者受創尤其嚴重，許多人撐不過去，被迫關門收攤。

　　我在向桃園市商圈產業聯合會成員發表演說的時候，談起這一段，他們的感觸特別深，因為他們是最直接被影響生計的業者。我曾在疫情仍然不穩定時，率先下令讓夜市攤商有條件開放營業，因為我知道夜市的攤販們已經五十多天沒有收入，再禁下去，恐怕餓死的人要比病死的多。

　　「如果餐廳可以只限外帶，為什麼夜市不行？」我講出自己當時的想法時，台下許多商圈業者頻頻點頭。

處理當下的問題，也要把握時機放眼未來

　　講到疫情，我有太多的感慨。當時多項活動停擺，其實正是轉型的好時機，例如人口高達十三億的印度，就趁機把國民的紙本身分證轉換成電子身分證。而在台灣，政府其實也可以輔導防疫期間沒生意可做的商圈業者，趕快把電子支付、發票載具等系統提升，而不是讓大家閒置在那裡，等到疫後更多人習慣電商模式之後，傳統攤商的客群已經越來越稀少。

「我們回不去了。」就像偶像劇裡的台詞一樣，疫後的新生活已經跟三年前完全不一樣，許多國家政策需要全盤重新檢討。

　　以機場為例，邊境管制國門封鎖時，難道不是改善機場硬體設備的好時機嗎？我在台北市長卸任之前出訪新加坡，看見疫情前運客量全球排名第七名，二〇一九年總計八千六百萬人次的樟宜機場，在疫情爆發時，運客量驟降到只剩一千一百八十萬。但新加坡政府跟樟宜機場的管理階層沒有閒著，他們關閉兩個航站，降低營運成本的同時，進行第二航站的徹底翻新，讓服務量能在疫後可以提高約五分之一，也進行機場各項自動化服務。

　　國際機場不只是旅客來來去去的中繼站，而是國家最漂亮的門面擔當，旅客最愛的打卡點之一。在各種各樣的危機當中，有遠見的領導人除了處理當下問題，也會把握時機，放眼未來。

高科大越來書院——
創新是台灣唯一的出路

你聽過黑天鵝理論、灰犀牛理論、沙盒理論嗎？我應邀至全台學生人數第二多的高雄科技大學，為「越來書院宏觀領航講座」進行演說，就跟同學們分享了這些重要的概念。

國立高雄科技大學是由國立高雄海洋科技大學、國立高雄應用科技大學，以及國立高雄第一科技大學三校於二〇一八年所合併，全校學生大約有兩萬八千人。然而，未來十年，學校還能招得到這麼多學生嗎？

　　面臨少子化的衝擊，其實各校壓力都不小。黑天鵝理論跟灰犀牛理論都是金融界的術語：「黑天鵝」是指發生機率極低、難以預料，卻仍然發生且影響重大的事件；「灰犀牛」則是指必然會發生的糟糕事件，但是人們卻對它視而不見，就像一隻兩噸重的犀牛即將爆衝撞過來，但對面的人卻呆若木雞、站著不動。

　　少子化的衝擊，絕對是噸位超重的一隻巨大灰犀牛，準備朝著整個台灣爆衝，不過當前的政府卻不為所動。就像我常說的，台灣未來十年內有四十家大學即將退場，但這個問題是今年才知道的嗎？其實十八年前看看出生數，就可以預測現在的局勢了。然而這十八年來，歷任政府卻未思考如何應對。不只如此，對著台灣未來虎視眈眈的灰犀牛，還有勞保破產、健保失控，所以我一直認為，下一任總統要做的事情，就是不要再假裝即將爆衝的灰犀牛不存在！

新創事業需要
一個允許失敗的場域

　　高科大越來書院的社會菁英們問我，為什麼台灣的新創產業很難成功也很難維持下去？在矽谷，十件新創有一件成功，投資人就會覺得很不錯了；而在台灣，似乎十件有五件成功，業主還是會覺得失敗率太高。

　　關於這個問題，其實在二〇一四年的時候，美國史丹佛大學教授 Fred Gibbons 就曾經跟我說過，台灣的新創事業很難成功的原因，就是因為沒有建立一個允許失敗的環境，導致新創人才害怕犯錯，選擇保守，就算有創意也不敢冒險實踐。沙盒理論的沙盒，就是指小朋友可以在裡面安心玩沙、發揮創意的場所；而台灣產業需要的，正是建立一個這樣的環境，一個允許失敗的場域。

　　創新的產品推出之後，貿然全面實施很容易失敗收場。我認為需要透過四個階段來逐步推廣到位。首先是 pilot，徵求自願者加入試辦行列，等到這個階段的問題被發現並除錯之後，接下來就是 rule in，邀請其他人自由參加，這時候有人看到別人做得不錯，也

會躍躍欲試。下一個階段是 rule out，宣布準備全面推動新措施，但是不想參加的人可以不參加；按照我在台北市政府的經驗，此時還會有百分之十五左右的對象選擇堅守舊制。這三個階段都除錯之後，才是最後一步 force 制度一體適用，每一個人都必須參加，這時候遇到的問題比較小，不願意配合的人也不會很多。

我一直強調，創新才是台灣的出路。而要進行創新，**人民需要的是面對問題、解決問題的政府，而不是不會做事也不懂服務的政客。**

Part 4
心情手記

人要衣裝，佛要金裝：
當個型男真不容易

襯衫、西裝褲、繫很高的皮帶，皮帶上掛一個手機腰包，這是我過去幾十年來的標配，很多人都說我穿高腰褲，但其實我的衣服幾乎全是陳佩琪買的，她也沒有刻意買什麼高腰褲、低腰褲，我想我給人穿高腰褲的錯覺，可能跟我腿比較長有關⋯⋯

至於我的頭髮，還沒有從政的時候，幾乎是全黑，經過政壇的摧殘，現在已經是越來越灰。有人建議我去染頭髮，但我說不要了，因為染了就要一直補染、一直補染，實在很麻煩，乾脆自然就好。

　　本來我就對自己的服裝造型沒有什麼特別意見，想說人就長這個樣子，穿什麼都差不多，乾淨整齊就好了。但要參選總統，幕僚跟很多朋友都告訴我：「穿什麼差很多！選總統就要有那個氣勢出來，你西裝要買好一點的！」所以我在四月訪美之前，展開了一系列的服裝髮型大改造。

　　首先我去了我當選第一任台北市長時去過的老字號西裝店，再訂做兩套西裝，布料跟款式都是陳佩琪幫我挑的，黑西裝看起來大方專業又沉穩。試穿前我問老闆，為什麼有的人穿起西裝那麼好看？到底是怎麼做到的？老闆眼神緊盯我的腰間，回答說：「先把你的手機腰包拿下來再說。」現今社會實在太多人不能理解手機腰包的便利性，但我也只好從善如流。

接著黃珊珊帶我去一間設計風格跟用料都比較新潮的西裝店，他們運用3D測量肩頸、手腳各部位的尺寸，讓訂做的西裝上身之後能更加貼合。設計師則是提醒我，千萬不要駝背，不然穿多帥的西裝，看起來都沒有氣勢。正式的西裝之外，店家還推薦幾款牛仔外套、鋪棉外套給我在輕鬆一點的場合穿。

衣服買好了，還有頭髮要整理。我真的要感謝黃珊珊，跟全台最頂尖的髮型師，來自香港的 Andy 老師有超過二十年的交情，讓我得以免費做最高檔剪髮，不然剪一次頭髮要幾千塊，這個價格聽得我瑟瑟發抖。Andy 老師仔細端詳我的頭型跟髮質，然後差不多在洗頭階段我就睡著了，他到底怎麼修剪的我也不知道，等到我睜開眼，已經在吹整階段。這時我覺得自己確實看起來有精神、俐落多了，最後他又往我頭上抹了髮蠟，抓了一下。哇，我幾乎認不出自己，沒想到原來我可以這麼有型！還獲得一罐免費髮蠟，教我怎麼整理頭髮。

要當個型男真不容易，不能用手機腰包、不能聳肩駝背，也不能再亂抓頭了。到底能維持這個狀態多久？我想就盡力而為吧。

看這邊、看這邊：
迴轉壽司拍照SOP

「來，看這邊、看這邊！好，拍好了。右手邊離開噢！」我跑行程時最常聽到的一句話，不是「凍蒜」或「台灣的選擇！柯文哲！」各種加油聲，而是這句：「來，看這邊，鏡頭在這邊！」一天可能要聽個五百次左右。不過這些話不是講給我聽的，是團隊同仁講給跟我合照的民眾聽的。

每次我到夜市逛街、去宮廟參拜、學校或企業演講，都會留一點時間跟民眾合照，為了讓大家不要排隊排太久、排到昏頭，我的團隊已經研發出最快速、最有效率的「迴轉壽司拍照 SOP」。

首先是引導拍照的排隊動線，起點跟終點都要有人舉牌，清楚告知大家從哪裡排到哪裡，隊伍有多長。接著先宣導拍照需知：「待會手機拿給工作人員幫你拍照，先把手機開到相機模式，不要設定倒數，也不要開美肌，這樣會讓儲存照片延遲，就沒辦法連拍很多張。」如此一來，民眾在快排到的時候，拍照模式都已經開好了，然後拿給「定點一」的工作人員，定點一要檢查民眾的手機是不是能夠馬上按快門，接著再遞給「定點二」，這一站是負責拍照，鏡頭對準之後，還要提醒民眾「看這邊、看這邊」，因為有些時候，民眾看到我太開心，有很多話要跟我講，不知道自己手機被拿到哪裡去了，拍照時就沒有看鏡頭。等到我跟民眾都看向鏡頭，

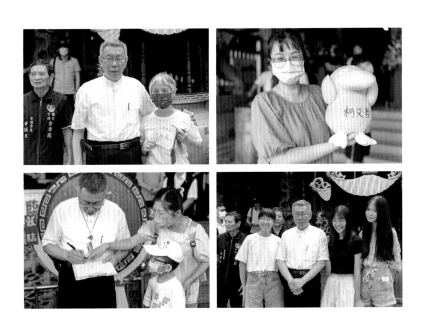

定點二會連拍多張，再交給「定點三」，把手機交還給民眾，並引導從另一側離開，才不會擋到拍照動線。

雖然為了避免大家排隊太久，原則上我拍照的時候不再幫大家簽名，但是偶爾會有民眾專程帶著我的書來，我當然不能拒絕。另外，也有人請我簽在包包、衣服上，還有些年輕人或者小朋友會拿著一些奇奇怪怪的東西，像是成績單、結婚照，還有絨毛娃娃來要簽名。我最常見到的娃娃是可達鴨，據說大家覺得我長得跟可達鴨很像，最高紀錄一天在不同的地方簽到三隻可達鴨！曾經有一次被要求簽在鯊魚娃娃上，我想說鯊魚跟我有什麼關係？結果來拍照的年輕朋友說，是因為他媽媽最喜歡鯊魚娃娃。

謝謝大家拿這麼多心愛的、有趣的東西給我簽名，也謝謝大家願意花時間排隊跟我照相。回家之後記得上傳照片@我的社群帳號，分享給更多好友觀賞！

兩輪、四輪、高鐵、飛機——
在不同的方格間移動

擔任台北市長的時候,我都在一早七點搭公車上班,很多民眾會專程跟我搭同一班車,與我分享生活感想,或者提醒我市政如何做得更完善,我一直很感謝這些搭公車的好朋友,他們天天早起陪我通勤,然後再通勤到自己工作的地點,這一切都是為了讓台北能夠更好。

我記得某一年有媒體報導我常在公車上跟一位高中生聊天，後來那位同學畢業了，我還是繼續搭公車，但就沒再遇到他。市長卸任後專職黨主席，我改成有時候搭公車、偶爾騎 YouBike 上班，只是隨著總統選舉的日子越來越近，維安編制升級，保六總隊派員保護之後，我就不被允許自己通勤，改成專車接送上下班，雖然運動量減少讓我覺得有點可惜，不過能夠把握時間在車上多讀一點資料也算是好處。

　　通常一上車，我就會打開手機看看有沒有什麼重要訊息要回覆，如果內容很多的話，我會改換 iPad，螢幕大一點看得比較清楚。一邊搭車、一邊打字不是很方便，我通常是用語音輸入法，所以助理們常常聽到我在旁邊唸著：「昨天會議紀錄整理好了傳給我，逗號，列管事項通知各單位，逗號，有進度要通知我，句號。」

到各縣市參訪產業，跟鄉親朋友座談聊天的時候，如果目的地是新竹以南，我則改搭高鐵。雖然很多政治人物會搭商務艙，但我認為不過就一兩小時的車程，坐自由座、一般車廂或商務車廂根本都一樣，基於節儉的個性，我都要求行程祕書訂一般車廂就好，千萬不要浪費。畢竟這些經費不是我自己賺來的，花別人的錢不該花得這麼大方。

在高鐵上，我通常也都在補眠或者看資料，一般來說我不會看網路影片，避免打擾到其他乘客。印象深刻的一次例外是，趕高鐵參加黃明志演唱會擔任嘉賓，我要抓緊時間練習，但是藍芽耳機怎麼連都連不上，逼不得已我只好把音量調到非常低，然後邊聽邊在心裡偷偷唱。只不過這樣還是被高鐵乘務員發現了，經過我旁邊時要我再小聲一點，嚇得我趕緊把 iPad 闔上。

選舉這半年來，我出訪時也會搭飛機，依然堅守搭廉航或經濟

艙這個原則。不過航空公司通常都對我很不錯，往往會安排我坐在第一排，至少腳可以伸直一點，比較舒服。在飛機上，因為不能使用網路，我通常資料看一看，就會吃安眠藥，然後開始睡覺了。每次下機後聽到同仁說亂流好可怕，還是隔壁有小孩一直哭鬧之類的，其實我幾乎無感，沉浸在自己的夢裡。講到這一點，陳佩琪非常不喜歡坐飛機，在飛機上睡不著，也沒辦法好好休息，而我往往都能睡得很自在，讓她很羨慕。

吃了再上：
再忙也不會讓自己餓到！

「柯市長，這個請你吃。」不管走到哪裡，總會有許多笑盈盈
的面孔，端出飯麵、點心、甜食、水果、飲料等等要我吃。可
能因為我給人不會挑食的印象，也有很多人說我不管吃什麼，
看起來都很好吃，但是近來我的體重跟腰圍上升不少，要注意
飲食控制了。

面對各種熱情的餵食，有人建議我東西吃一口，嚐個味道就夠了。但是我實在不忍心看到食物或飲料被我吃了一口之後，剩下的就整份丟掉，或者吃剩的再拿給別人吃也不好意思。所以拜託大家，如果下次有東西想分享給我，準備小小小小一份就夠了，不然我在三餐之外，還有這麼多心意要享用，選舉選完可能會再胖個十公斤。

　　我的早餐通常是吃吐司或菠蘿麵包，再加上一杯牛奶。至於午餐，我一個人在辦公室的話，祕書通常會幫我準備素食便當，一來能省則省，二來吃少一點也好；另外我也答應證嚴上人要多吃素食。晚餐的話，我很少在家吃飯，在辦公室工作或者去拜會，往往也是一個便當就打發。

幕僚幫我準備的三餐很簡單，除了因為我本身很好養，對吃的不講究，也因為外面的餐會或者行程之間，能吃到美食的機會實在太多了。例如去拜拜跟廟方聊天時，桌上總會有水果、餅乾，還有一壺好茶。跟各地民意代表交流時，就算因為時間比較趕，沒空坐下來一道菜一道菜吃，他們往往也會準備當地的知名便當，或者特色小吃。例如桃園最有名的排骨便當、嘉義加了美乃滋的涼麵、南投咖啡店的冰涼奶昔、金門必吃的黃魚麵線等等。每次美味當前，我都吃個精光。

　　如果是去逛商圈或夜市，美食當然就更多了，每次我還逛不到幾攤，手上就被掛滿雞排、烤玉米、串燒、仙草冰、泰式奶茶、藥燉排骨、蚵仔煎等等。即便我怎麼努力地說：「謝謝、謝謝，真的吃不完！」攤商們還是會很熱情地說：「沒關係，帶回去給佩琪

吃。」遠在台南、高雄夜市的大哥大姐都這麼愛護陳佩琪，我替她謝謝大家了。

然而，很多食物是請幕僚吃，他們也都好辛苦！沒錯，我的團隊一整天陪著我跑東跑西，常常也沒空吃飯，民眾的心意往往都分享給他們了。

至於我有沒有什麼愛吃的東西？其實很多媒體都報導過，我喜歡花生、沙琪瑪、蚵仔煎、新竹貢丸等等。不過大家真的不必特別準備東西請我吃，因為我真的要注意熱量了，而且不管怎麼忙，我都不會讓自己餓到啦！

柯式唱功：
我有一個歌手夢

很多人在洗澡或通勤的時候，嘴裡會不自覺地哼哼唱唱，甚至
不少人內心有登台高歌的夢想。我過去擔任外科醫生，這種開
演唱會的夢，大概真的只能在夢裡實現。後來當上台北市長，
有機會在跨年晚會唱歌，也是人生難得的經驗。

在台灣留學的馬來西亞歌手黃明志，曾經受邀寫歌為台北市行銷城市觀光，這首〈你不認識我〉是男女合唱的甜蜜風格，場景遍及 101、二十四小時書店、陽明山、信義商圈、夜店等等台北萬象。我當市長時就很喜歡這首歌，也非常佩服黃明志的才華。

二〇二三年四月黃明志要來台灣辦演場會，即便我當時已經卸任台北市長，他還是邀請我去聽演唱會，更大膽邀我跟他一起合唱〈你不認識我〉。

我心想，不要吧，這首歌好聽歸好聽，但我只會聽不會唱。後來我是被對方跟自己的幕僚團隊說服，反正也不會有人期待我能唱得跟黃明志一樣好聽，而且演唱會當天是四月一日愚人節，我唱到破音的話，說不定反而是一種效果，不如我就「誠懇又帶著滿滿的熱情」去攻蛋吧。

　　三月的時候，幕僚就不斷提醒我要練歌，可是我每次打開
iPad，就覺得這種小清新根本不是我的歌路，也太難了吧，於是常
常哼個幾句，我就關掉了。四月一日當天，我白天在高雄還有行
程，但因為我的社群平台釋出了我之前練歌的影片，還替我宣告要
登上小巨蛋的舞台，於是媒體馬上就報導：這到底是愚人節玩笑，
還是什麼宣傳招數？也有熱心網友發現當晚是黃明志的演唱會，查
到黃明志之前曾經幫台北市寫過歌，比對我練唱的歌詞，推測我可
能真的要擔任黃明志的神祕嘉賓之一。

　　隨著討論度越來越熱，連我在高雄都有民眾問：「你怎麼還在
這裡，不是晚上要到小巨蛋唱歌？」這也讓我越來越緊張。晚上搭
高鐵時，幕僚再次提醒：「等下有上萬人在小巨蛋，你至少要把歌
詞跟曲調記起來，不要在那麼多人面前忘詞走音。」於是我努力加
緊練習，練著練著就到小巨蛋了。

　　走進會場，看見舞台的螢幕、燈光、舞群、服裝造型，整體設
計都是一流的規格，黃明志一邊飆高音，我一邊開始玻璃心，是不

是該留在高雄，不該漂向北方，跑來唱什麼歌……想著想著，黃明志馬上就 cue 我了，他說我從副歌開始唱就好，但這裡竟然沒有提詞機，導致我無論歌詞、音準、節拍，沒有一樣唱對，觀眾笑完一輪，我本來想可以了吧，我高歌完可以離席了。但是黃明志不死心，邀我再唱一次，還好這次他至少體貼一點，全程幫忙導唱，讓我**「全是感情，毫無技巧」的演唱風格**，可以隱藏在他的歌喉之下。我們兩個人唱完，竟然沒有人發出噓聲，而且是非常 High 地爆以掌聲，甚至有人大叫柯文哲我愛你。

感謝大家，感謝黃明志給我這麼特別的經驗，我也祝福黃明志這麼有想法跟批判性的歌手，能夠繼續自由奔放的創作，帶給世界深具啟發又好聽的音樂作品。

體驗虛擬世界：
元宇宙裡的柯P

新科技的出現往往會帶來重大改變，台灣的資訊與通信科技
ICT 產業（Information and Communication Technology）雖然
是世界頂尖，但比較偏向硬體產業，而現階段 AI 崛起，台灣必
須把握時機，好好發展應用，讓軟體實力也走向頂尖。

這幾年人工智慧 AI（Artificial Intelligence）浪潮襲捲全世界，元宇宙也發光了一段時間，網路上什麼新產業、新平台都要想辦法跟 AI 有連結。例如 ChatGPT 讓 AI 發揮關鍵字搜索的能力，可以整理出詳盡的研究資料，甚至還有文學創作。現在也越來越多人運用 AI 製作的圖片和短片，簡單幾分鐘就把不同領域的元素完美結合在一起。

不同於我小時候的年代，一群同學出去玩鬼抓人的遊戲跟打球，現在孩子們的童年記憶少不了玩手機遊戲，雖然看手機看太久會影響視力，但手機遊戲裡建構的世界觀、道具運用、藝術美學，讓這一代的年輕人對於設計跟創意，比我們以前有想法許多。

二〇二三年六月底，我受邀擔任一款遊戲的代言大使，這是一款多人連線的角色扮演養成遊戲，廠商希望能放一個我的形象角色在遊戲裡，當個 NPC（Non-Player Character，非玩家角色）柯 P，透過 AI 找出我的三個重要元素，捏出角色皮膚，結果不知道該不該說是意料之中，AI 挑選的三個元素：一個是醫生職業設定，另

外兩個就是我的高腰褲跟眼鏡，這個 NPC 一看就是掌握了我本人精髓。相信來和我互動的玩家們，應該可以認得出來吧？雖然我不會玩手機遊戲，但有個遊戲裡有我的 NPC，我也算是多多少少參與了虛擬世界。

元宇宙的概念就是廠商不用非得要使用實體場地，而是透過虛擬世界就能線上為自家商品策展、舉辦比賽，突破了交通限制，讓各國廠商能接觸到全球客戶。尤其疫後產業復甦，商家要是能多利用這種虛擬技術宣傳，也不用再擔心下一次的封鎖隔離造成客源損失。

創新科技問世總是有利有弊，我在演講時也常提到，AI 以後可能大量取代人工，以醫療為例，像是判讀 X 光片或開藥，這種靠累積大數據就能用人工智慧執行的技術，可能就會面臨重大改變。

AI 對傳統產業的影響當然更嚴峻，政府不能視而不見，讓一大堆人就此失業，在輔導 AI 升級產業的同時，也要想辦法讓教育結構適應新科技，培養管理應用人才，不斷進步、創造新的產業價值。

世界鏡頭：
外國人眼中的台灣

「你中午要看什麼配飯？」現在很多人中午、晚上吃飯，看的不是電視，而是上 YouTube 找個影片來看。任何人都可以依據自己的喜好，擔任創作者經營自媒體，做細微的分眾，因此觀眾要看影片就能更貼合自己的興趣，有更多元的選擇。

很多人喜歡看的影片題材之一，是外國人在台灣的生活點滴，而我也認為從國外的角度看台灣，是非常重要的，能夠幫助我們破除盲點，用更具國際視野的角度看待我們社會。

　　為了讓對政治不太感興趣的朋友認識我，進而願意多了解一點政治，我邀請了很多不同國籍、住在台灣、熱愛台灣的外國網紅一起拍影片，透過吃小吃、聊買房、玩遊戲，分享他們對於在台生活的感想。

　　來自韓國的網紅章魚說她不太熟悉政治，我想她沒有說謊，因為她竟然自稱吃東西吃超快，揪我比看誰吃水餃先完食。這還需要比嗎？比賽結果是我吃完五顆水餃的時候，章魚還剩下兩顆。只見她一臉驚愕地說：「我輸得好慘噢！沒想到會這樣。」我想我應該早點讓她看看我吃飯速度的影片，不然我這樣接受她的挑戰，根本勝之不武！

　　除了吃水餃比賽，章魚還邀請我一起吃臭豆腐，她說很多韓國人都害怕臭豆腐，問我敢不敢吃？我立刻清盤給她看。最後我們玩恐怖箱比賽，我不太記得誰勝誰負，只記得章魚從頭笑到尾，我即便不太懂她的笑點，但在她的歡樂正能量環繞之下，還是覺得要是多幾個外國朋友來台灣，都能這樣開開心心的過日子，這樣的影片

不論是被國外或者台灣的網友看到，都能夠提升台灣的形象。

俄國網紅歐亞力來到台灣十年了，他在台灣讀大學，未來也計畫在台灣成家買房，因此他非常關心台灣的未來發展。他問我為什麼台灣的治安比許多國家都好很多？民眾夜晚在街道上行走，也不太需要擔心搶劫犯罪？他也問到為什麼台灣的房租貴、房價高，而且大家都對薪水不太滿意？

針對這些問題，我跟歐亞力分享我的看法，本來我認為談論硬邦邦的議題，網友應該不會太感興趣，想不到卻意外獲得一群平常沒有在看政治新聞的網友反饋，告訴我他們對生活的理想、對政策的希望是什麼。我也很好奇俄羅斯的網友喜歡看什麼類型的影片？歐亞力表示，俄羅斯網友比較喜歡明亮的色彩，他還注意到如果自己影片的封面圖片是選擇比較鮮明的顏色，甚至是穿亮色系的衣服，點閱率都會高一點。因此他建議我不要總是白色、灰色、淺藍色衣服，偶爾換個紅色、黃色，可能就會衝高流量。這或許是個好主意，我改天可以試試看。

我們都是網紅：
請按讚、分享、開啟小鈴鐺！

為了說明政策方向，我經常拍攝影片放在自媒體頻道，所以常常被說是半個網紅。但是大家都知道，會在網路上觀看政治人物影片的族群其實不多，大家還是喜歡看一些正牌網紅輕鬆有趣的生活分享，或者是視覺效果搶眼的電影級短片。

為了讓不太關心政治的網友，從政治以外的面向了解我，進而願意多花一點時間接觸政治，我對於跟網紅合作拍開箱片、吃播片，向來是很歡迎。

我早就聽人家說**網紅愛莉莎莎**常常到我的 IG 留言，還會在限時動態分享我的貼文，於是團隊邀請她跟我一起拍片。然而愛莉莎莎常拍的主題是分享精緻女性的生活，這讓我有點擔憂，因為我與精緻的距離向來很遙遠。

不過我還是保持開放態度，接受進行「韓系 OBBA 大改造」。愛莉莎莎說她特地飛了韓國一趟，買來最流行的針織衫跟 T 恤；另外她也觀察到我喜歡在腰帶上掛手機腰包，但她認為這不符合年輕人的時尚，於是幫我換成藍芽耳機盒。一番改造下來，我果然看起來年輕不少，只是這樣的裝扮我真的不太習慣。

年輕漂亮的愛莉莎莎非常重視「美感」，她的家裡從地板、櫥

櫃到每一件用品，色系跟款式都搭配得很和諧典雅，也用了蠟燭等各種香氛，讓家裡維持舒服的氣氛。我覺得這樣的生活很不錯，但我做不到，太累了、太累了。

網紅VW是台大醫學院的學妹，跟我差了兩個世代，還在求學階段的她對於教育體制有許多想法。她問我大學時蹺過課嗎？我說我只後悔當初蹺的不夠多，因為大學時很多老師教的不是學生需要或將來在醫院裡用得到的東西，而是老師會教的東西。跟VW的這段對話短片，在網路上引發很大的迴響，喚起了許多人的共同記憶——花了一大堆時間學習早就已經過時的技術跟理論，對未來就業或平時邏輯思考都毫無幫助。

網紅葉式特工是許多追求知識的網友訂閱的創作者，他的劇情短片裡包含大量動畫特效，聲光技巧跟美術背景都很細緻，是台灣創作者裡面少見的題材。而他跟我一起拍片，談的議題是他非常關心的居住正義，探討社會住宅對房價的影響。

　　我才剛到拍攝現場就嚇了一大跳，竟然有一大堆的演員，包括新聞記者、抗議民眾、社運團體、警察等等。我飾演的是蓋社宅被抗議的台北市長，附近住戶氣到揪住我的衣領痛罵。雖然我應該被嚇到，但卻忍不住笑場，導演喊卡好幾次，我才總算順利拍完。這麼大成本的拍片，簡直是電影規模，葉式特工跟我說這樣拍一天就要二、三十萬經費，而我拍片都是小本經營，不要花錢最好，真是讓我開了眼界。

　　網紅咪妃則是帶著寶寶跟我一起拍片，她才一歲的女兒叫做小恩，因為年紀太小戲分不多，才拍一會兒就跑走去玩了。我們這次拍片的主題就是做寶寶蛋糕給小恩吃，咪妃帶著我從篩麵粉開始，一步步把海綿蛋糕烤起來，還有製作南瓜泥，把水果切小塊當做蛋糕的裝飾，一切看起來很成功。但是就在把蛋糕從烤模取出的時候，卻不幸發生坍塌事故，好在小恩不計較蛋糕外表，依舊賞臉的吃起來。

台灣創作者的題材非常豐富多元，隨時可以找到能夠解悶或者充實自我的影片。我在休息時間也常常看各種創作影片，或者看我自己頻道影片的留言回饋。最後也要跟大家推薦，歡迎訂閱我的社群，「請按讚、分享、開啟小鈴鐺！」

請加入柯文哲的行列：
讓我們義無反顧拚一次

「請相信柯文哲，請相信台灣民眾黨，請相信美好台灣一定會
實現。」二○二三年五月二十日的早上，下著滂沱大雨，我跟
現場群眾一起淋雨，頭髮上、眼鏡上都是水滴，面對現場近兩
千名群眾，還有收看電視轉播、線上直播的觀眾和網友們，我
真誠地向每一個人懇託……

我要代表台灣民眾黨競選二〇二四年中華民國總統，**我希望台灣的人民包容共生，不要彼此仇視。台灣的社會要的是法治，不要人治；我們需要的是民主，而不是民粹。**

　　宣布參選總統的記者會之所以選在淡水的飯店，是因為我認為站在淡水河旁、觀音山前，有絕對的象徵意義。四百年前，荷蘭人在淡水建立紅毛城；一百五十年前，馬偕牧師也從淡水上岸，他看見台灣人民的痛苦，創建北台灣第一所西式醫院「滬尾偕醫館」，馬偕牧師生活在台灣、認同台灣，就是新台灣人的典範。我跟馬偕牧師一樣，都是光陰百代的過客，我期盼延續馬偕牧師的精神，以實際行動化解仇恨誤解。

　　為了準備這場記者會，整個競選團隊非常慎重，雖然我平常演講、致詞不需要講稿，最多只要幾個關鍵字當投影片重點提示就好，但因為參選記者會至關重要，所以團隊認為我當天必須照稿逐句逐字精準說明我所有的想法裡念，因此我跟文稿小組為了致詞稿開過好幾次會議，大家研究許久，一直到演講前幾分鐘，我都還拿筆在稿子上斟酌修改。

　　擬稿內容對我來說並非難事，但競選團隊指出我的音量語調、站姿表情都需要調整，因此記者會前幾天，同仁還粗暴地用紙箱製作了一個與記者會現場同樣高度大小的模擬講台，大家一起在台下調整我講話的眼神視角，並對我的手勢、語氣提供各種建議。

　　原本看了各種氣象預報之後，大家綜合評估五二〇早上會下雨，但等到九點半記者會召開的時候，雨勢就會停歇，沒想到當天雨從早上就下個沒完沒了。非常感謝一大早專程趕來淡水的支持者沒有因為下雨提前離開，還有一位長者擔心我淋濕，一度想衝上台幫我撐傘。謝謝大家陪我淋著雨，聽我講完話。

　　我相信「改變台灣，從改變政治文化開始」，我主張**台灣應該由一個清廉、勤政、愛民、愛鄉土的政府來帶領人民**；不應當是口號治國、債留子孫、製造仇恨對立。我會以「理性、務實、科學」的精神，重建廉能政府，也要嚴守「財政紀律」，健全中央及地方**政府財政，讓國家永續發展。**

　　記者會結束後，我走下演講台，新聞紛紛報導我冒雨選總統、風雨生信心。我也相信我的理念有傳達給台灣民眾聽見，但願台灣不用再被藍綠兩黨惡鬥的意識形態綁架。

　　二〇二四是翻轉台灣命運的轉捩點，我會募集更多夥伴加入我的行列，讓我們義無反顧拚一次，共同起造新台灣。

台灣最迫切需要實踐：
清廉文化

從政不能只是在同溫層裡找自信，一定要多聽多問不同的意見，主動了解對立面的聲音，才能讓自己更進步。這是我到各地演講的起心動念。當然也常常有支持者會聚集起來，邀請我去跟他們聊聊天；聆聽粉絲對我的期許，也是我的重要任務。

　　有一群中台灣的鄉親朋友們，跟南投縣民眾黨黨部說很認同我的政治理念，期待我去跟大家演講，於是我在南投的行程當中，慎重安排了一場座談見面會。當天在場外還沒走進會場時，就聽到他們的各種加油聲，這種主場優勢也讓我感到非常溫暖。

　　我的演講題目是「改變成真」，分享我從政之後是如何改變台灣的政治文化。

　　首先，我提到我對於台灣政壇提倡「養成道德的勇氣」感到非常驚訝，道德不是最基本的嗎？尤其從政者為民服務，更應該具備道德不是嗎？為什麼在台灣的政治環境裡做有道德的事，竟然還需要有勇氣？其實從總統蔡英文出訪的私菸案，就可以看出也難怪會如此。

　　蔡總統於二○一九年出訪加勒比海四友邦，卻驚天爆國安局人員利用通關禮遇，走私高達兩萬六千條免稅香菸。這種弊案非同小可，首先國安人員都要保密，再來是外交部人員得裝作不知道，還有海關要放行，華航機組也得配合。事涉這麼多不同單位，當中只要有一個人不願意當共犯，敢向上提報，就不會發生這種事。可惜

貪的貪，懼怕權勢的缺乏勇氣，而因為這起外交醜聞也真的讓世界看見台灣。

我也因為這起事件更加堅定決心，如果有貪汙弊案，誰管你是什麼皇親國戚，我絕對砍掉不留情。從上而下建立清廉文化，是我認為台灣目前最迫切需要去實踐的。

還有勤勞也至關重要，我擔任台北市長八年，每天搭公車上班，一開始很多人說我作秀，我說一天是作秀，八年就不會有人再說什麼作秀了。我就是要建立一個勤勞務實的形象，讓全體公務人員效法。當然很多人也告訴我，當首長的只要把握大方向，事情讓下面的人去做就好。甚至還有人舉奇美電子創辦人許文龍的例子告訴我，許文龍每天釣魚悠悠哉哉，奇美還是經營得有聲有色。這我就得說了，許文龍也是等到奇美到達穩定規模之後，七十歲了才開始釣魚，要是他二十歲就開始自在釣魚，哪來今天的奇美？

而召集局處首長每天七點半開晨會，除了要讓大家勤勞，更是要杜絕應酬文化。每天七點半你就要坐在柯文哲面前業務報告，那你怎麼敢晚上應酬到兩、三點，就算有一天敢去應酬，也絕對不敢天天都喝酒喝到半夜。**國家之力量在於國民全體，台北市政府的清廉在於每日七點半的晨會，早睡早起不容易墮落，歡迎大家試試看。**

人生最奇幻的遊歷：
KP SHOW 演唱會

「唱得好就當是來聽歌，唱不好就當來幫我一把好了。」台灣史上第一場總統候選人開演唱會，我在登台表演前接受媒體訪問時這麼說。為什麼會辦演唱會？因為我常到各個餐會跟民眾打招呼，經常被拱到舞台上唱歌……

剛從政時我很不習慣，覺得自己歌聲不好聽，唱歌不是很尷尬嗎？後來漸漸發覺，反正大家對我的期望值很低，沒人把我當鳳飛飛、伍佰看待，所以上台唱歌只不過是圖個氣氛開心，好不好聽沒那麼重要。

　　這麼多年下來，我也唱得很習慣了，常常唱的就是彭羚的〈囚鳥〉、翁立友的〈堅持〉、伍佰的〈世界第一等〉跟〈挪威的森林〉等等，唱到後來不時有人說，練會十首歌可以辦個演唱會了。一開始我把這話當作玩笑聽，後來真的有不少支持者說很期待能聽我唱

現場，於是我開始認真思考辦個演唱會，唱幾首歌跟大家同樂。

　　我本來以為只是辦個小型表演，萬萬沒想到，合作的活動公司怕砸了自己招牌，把演唱會規模升級到超高水準，找來專業舞團、一流音響，還邀請五月天的合音鄭知明老師、教導蔡依林練舞的藍波老師，要把我打造成一個唱跳歌手。

　　下了重本，活動公司建議位置比較好的票價可以開到8800，想不到新聞一出，「柯P演唱會門票8800勘比天團BlackPink」，KP比BP的新聞討論熱度超高，讓我頓時覺得一定要有職業道德，不能隨便唱唱而已。於是我從發聲練習開始，漸漸修正音準，還有最重要的是不要搶拍、掉拍。原本我總有幾個音唱不上去，鄭知明老

師幫我找到最適合的 KEY，漸漸的轉音跟高音也沒有那麼難唱了。

舞蹈部分，畢竟我的舞藝比起公園跳廣場舞的阿姨還輸很多，所以藍波老師編的舞步也相當簡單，我只要記好動作節拍，在一群專業的帥哥美女舞者間動一動，看起來也都有模有樣。正式演出的前一晚，我吃了安眠藥讓自己睡得更好，希望隔天的演出能夠順順利利。

演唱會開始時，我穿著醫師袍走出舞台，演唱我最常唱的〈囚鳥〉，接著打破牢籠換上西裝，開始一連串的快歌組曲，蕭敬騰〈王妃〉、張惠妹〈三天三夜〉、小虎隊〈青蘋果樂園〉，還有玖壹壹跟 Ella 的〈來個蹦蹦〉，這時台下歡笑聲不斷，大家拍手跟著

擺動哼歌，我看到這麼熱鬧喜悅的氛圍，徹底體會到音準、拍子跟舞步都不重要了，只要演出者有誠意，台下的聽眾就會很滿意。接下來我唱著一首又一首慢歌，獻給陳佩琪的〈我只在乎你〉，讓她感動落淚；與跟我聲音很像的網紅小阿裂、真○一起唱〈挪威的森林〉，讓大家猜歌；〈朋友〉這首歌，我則邀請在場的支持者跟我一起走、一起唱。

在溫馨氛圍下結束表演，這時台下聽眾很捧場的猛喊安可，我再唱了兩首歌，真心感謝大家。這是我人生最奇幻的遊歷之一，謝謝三百多位現場參與、三千多位線上加入的聽眾，也謝謝舞台前後上百位工作人員的同心努力，KP Show 圓滿落幕。

江湖在走，社群平台要有：
FB、YT、IG，歡迎各位追起來

網路改變民眾的閱讀習慣和訊息接收方式，社群上的互動方式越來越多元，影響層面與議題擴散的效果也越來越廣。我的團隊裡有很多年輕人，他們會用一般人看得懂的語言在社群平台上分享交流，讓大眾隔著螢幕也能感受到柯文哲的真性情。

「好事不出門，壞事傳千里。」這句話是我為什麼要努力經營自媒體的原因。我記得有一次一位里長提出人行道改善的計畫，在跟我討論方案可行性的時候，他突然感嘆地說：「柯市長，我從來不知道你是這麼好相處又誠懇的人，電視上看到的你都是一直講錯話、失言，很自以為是的樣子。」

　　確實，每次打開電視，幾乎每一家新聞台都在罵我，而且誇張的是每個節目、每個名嘴全部都在罵我。我常常感到納悶，要是沒有我，是不是很多節目要收起來？是不是很多名嘴要失業了？由於傳統媒體被特定政黨把持，所以他們不會報導我的政績建設，而是

天天製造負面新聞來圍剿我。我只好靠自媒體殺出一條生路，因此在自媒體的經營上，我比絕大多數政治人物要用心許多。

在台灣主要的網路社群中，Facebook、YouTube、Instagram 是我的三個主戰場。FB 目前是台灣使用人數最多、使用者年齡層偏高的平台，很多長輩不像現在年輕人一樣重度使用網路，但他們每天還是會滑滑臉書，看看朋友分享去哪兒吃了什麼，或者出遊的風景照片。想要透過網路傳播訊息給長輩，當然是 FB 最重要。我跟長輩們一樣也會在臉書分享我去了哪些縣市參訪產業、認識哪些新朋友；還有一個最近越來越關鍵的功能，就是闢謠澄清——選戰開始以來，綠營的抹黑謠言實在太多，我不得不在臉書一直一直一直說明解釋事實真相。

YouTube 上則有「政治就是科學」政策說明影片、「柯 P 老實說」演講 QA 片段，還有「國家打詐隊」，用務實、理性、科學的態度論述，告訴民眾政府政策大內宣之外的真實面相。

Instagram 的使用族群比較年輕，上面有很多不同形式的影片，不同拍攝角度的行程影片可以快剪成節奏迅速的 Reels，連圖卡、照片都可以搭配 BGM 背景音樂功能，讓網友看了印象更加鮮明。我也經常透過 IG 限時動態分享各縣市有什麼好吃好玩的，還有我又在哪裡唱了哪些歌曲之類。有時候民眾跟我拍照，帶著可達鴨、成績單、結婚照來給我簽名，也可能會被我 PO 在限動上，所以 Instagram 是我用比較輕鬆的步調跟相對不了解政治的年輕人接觸的管道。

　　社群媒體除了能告訴大家我的想法，也是一個很重要的平台，讓我能夠理解民眾對我的意見。其實我三不五時就會自己滑一滑我的各個社群，看看網友留了什麼言，針對我的政策觀點有沒有什麼不同意見。或者是哪些地方、哪些產業、哪些族群有任何需求，也會有人留言告訴我。

　　每天不同平台的留言很多很多，我不一定每一則都能夠看到，然而大家對我的支持和批評，我都是滿懷著感激接受，未來我依然會持續努力用心經營社群媒體，歡迎各位每一個都追起來。

好4發生,改變成真:
與大家同在的民眾黨黨慶

我一直相信,民眾黨不只是第三勢力,更是民眾最好的選擇,秉持「民意、專業、價值」,只問是非終結惡鬥、團結台灣守護民主。只要我們一起努力,一定能改變政治文化、拋開藍綠對立、推動政黨輪替,把政治落實在民眾生活的每一天。

要怎麼辦一個熱鬧輕鬆、開開心心的活動，讓支持者齊聚一堂，和台灣民眾黨所有黨公職一起慶祝四週年？我不想要傳統政黨的大拜拜，講著老掉牙的目標願景，群眾聽了雖然會熱烈拍手，但誰都知道這些話離他們好遙遠。或者是黨主席跟候選人憤怒謾罵其他政黨，讓台下群起激動，加深台灣不同族群的對立。

　　我希望告訴大家的是，我真心想要為台灣民眾做的事。至於前面的節目要怎麼安排？台灣民眾黨有很多優秀的年輕人，他們自會有各種創意。

　　我還沒抵達會場時，看著直播畫面，就看到一位非常視覺系的網紅在台上，說要模仿我唱〈恐龍扛狼〉？我根本不曉得恐龍扛什麼狼，後來才知道這是一首改編舞曲，現在非常紅。網紅「梵提斯」人長得斯斯文文，唱歌聲音卻徹底掌握我的精髓，就好像我本人真的在唱舞曲一樣，讓台下不分年齡的觀眾都笑呵呵。

　　為了讓支持者有參與感，跟我們一起為台灣社會做點事，所以也舉辦了拍賣會，拍賣所得捐做公益。由於台灣民眾黨是一個小本經營、克勤克儉的政黨，也沒有什麼高價東西可以兜售，黨部同仁

只好去我的辦公室搜括一番，但也沒找到什麼好東西，最後拿走我的一日北高安全帽、競選背心、高腰褲皮帶，以及擁有十年歷史、陳佩琪多次手補的「柯醫師公事包」出來賣，這些東西賣一賣，還有幾十萬可以捐給公益團體。

四週年黨慶的主題是「好4發生，改變成真」，活動場地台中國際展覽館湧進三千多人，有阿公阿嬤、帶著小朋友的爸爸媽媽，也有不少年輕人結伴而來，現場參與者跟一萬多名網友在電腦前，大家一起聽歌、合唱、看舞台劇。

我進場時看到走道兩側一雙雙熱切的眼神，他們伸出手要跟我

擊掌握手，也有人只是在我走過時大喊一聲加油。我帶著大家的期待走上舞台，想起民眾黨草創初期只有一百一十人，四年過去黨員人數破萬，而且還在快速成長，這都要感謝所有支持者、黨公職努力實踐台灣民眾黨的理念。

「兩個月之前，很多人還不相信，台灣會有第三勢力的空間，但是我們做到了。」台灣走向民主政治三十年了，現在越來越多人民厭棄藍綠，大家期待的是政治人物要正視台灣生存的困境，因此讓「以人民為主體」的民眾黨有更大的話語權。**顏色製造的對立，就讓民眾黨用「是非」弭平；民粹製造的困境，讓民眾黨用「專業」解決；藍綠兩黨做不到的團結，讓民眾黨來完成。**我希望大家相信我，也相信自己，期許與大家一起改變政治文化、拋開藍綠對立、完成政黨輪替、打造美好台灣。

只要能沾到床就是溫暖療癒：
每天起床都是滿血復活！

擔任台北市長期間，曾經有人問我有什麼新年願望，我回答說：「吃得好、睡得飽；不過後面這一項很難做到。」公務行程滿檔，我平常睡覺不能說是睡著，常常是直接「昏倒」，因為累壞了，所以不會作夢，也不會聽到有什麼聲音。睡覺對我而言，就是為了走更遠的路而已！

對我來說，住宿品質並不重要，不需要什麼五星級裝潢、高檔衛浴、名床寢具等等，只要有個地方讓我可以躺著睡覺，可以刷牙洗澡，那就夠了。畢竟當兵的時候，經歷過拿著小學生課桌椅排在一起當床板的時光，現在要是睡覺休息時有床能躺，對我來說就算得上舒適。所以選舉經費有限，加上我個人節省又好入眠，我要求團隊訂飯店的時候不用訂太好的。

　　當然有時候行程決定得比較臨時，平價飯店都被訂滿的時候，我偶爾還是會住到一看就很高級的飯店。例如有一次到了台南，一進房間就看到一整面的落地窗搭配美景，旁邊除了飲料吧台，甚至

還有一個沙發鳥籠，餐桌上還送了紅酒跟飲料，原來是因為訂房要留收據抬頭時，飯店知道是我跟團隊要來住宿，特別幫我升等，還招待了一些餐點。我當然很感謝飯店的熱情，但也會交代團隊下次再訂的話，務必請飯店不要給什麼特殊待遇，實在太不好意思了，而且我通常很晚才會結束行程，隔天又一大早出門，待在房間裡只有洗澡睡覺，用不到這麼好的設備，未免浪費。

　　我大多時候會住在相對平價的飯店，有的房間很有七、八〇年代的復古風格，房間裡沒有書桌，倒是有搭配大面鏡子的梳妝台，我會在桌前整理資料、讀讀書，只不過有時候抬頭會被鏡前的自己給嚇到。

　　還記得過年期間，有一回也是在台南，那時候根本訂不到飯店，只好去廟裡的香客大樓借宿一晚。當時天氣頗為寒冷，廟方非常貼心，擔心我在木頭地板上打地舖可能會感冒，於是多準備一床被子給我墊著。雖然其他房間有人走動或者傳來打呼聲，我這邊都聽得一清二楚，但我依然睡得很安穩。

　　有時候我安排了外縣市行程，就會有當地的朋友叮嚀我不要費心訂什麼飯店了，一定要去他家住一晚。例如花蓮的醫生朋友找了更多朋友，一起招待我在他家吃消夜，眾人聊天聊到深夜，直到隔天起來早餐，他的貓都在旁邊緊緊盯著我，實在非常有趣。

　　過去當醫生時期，沒有什麼機會出去玩，現在參選總統跑遍全台，反倒累積了不少住宿經驗。對於早出晚歸，行程都滿到不行的我來說，不管房間環境如何，只要能沾到床就是溫暖療癒，每天起床都是滿血復活！

打一場乾淨的選舉：
讓我們努力改變台灣的政治文化

選舉募款的數字背後，其實承載著無數捐款者的信任與期望。請大家放心，柯文哲會珍惜每一筆捐款，秉持公開透明的原則，只用於必要的競選開支。我也會堅持從政的初衷，不會為了選舉改變信念。

「你的募款專戶上線幾個小時，就已經快破一千萬了！」聽到這句話，我心中滿是問號，奇怪，不是都還沒召開募款記者會嗎？怎麼會有人捐錢？助理告訴我，他們已經在社群平台提前預告，於是就有鐵粉立刻捐錢，就這樣子，三小時抖內破千萬，實在是太驚人了。

　　助理本來要我對著鏡頭感謝支持者，但我內心真的非常感動，一時間愣在那裡傻笑，講不出什麼話。直到正式舉行募款小物推出的記者會，我才有機會好好跟大家說聲謝謝。非常感謝你們認同我，願意相信我能夠秉持著清廉、勤政、愛民、愛鄉土的理念想法，讓台灣共榮美好。

　　在選舉期間，我常常都被問到：「你憑什麼跟藍綠競爭？」的確，藍綠兩黨的雄厚資源，不是我可以相比的，但是我不會退縮，因為我相信台灣需要改變，也能夠改變。然而選舉的路上，必須要有更多人同行才能走得長遠，於是我邀請渴望改變的民眾陪我一起走，如果行有餘力就贊助我一點選舉經費。但我始終認為選舉花太多錢是政治敗壞的開始，所以我盡量節省支出，主要經費花在人力上，相關的影片宣傳都以網路為主，不砸大錢做廣告。

　　我也知道其他政黨候選人為了募款，往往都會開好幾波的記者會，而且走到哪裡都向台下民眾一再提醒。不過對我來說，支持者

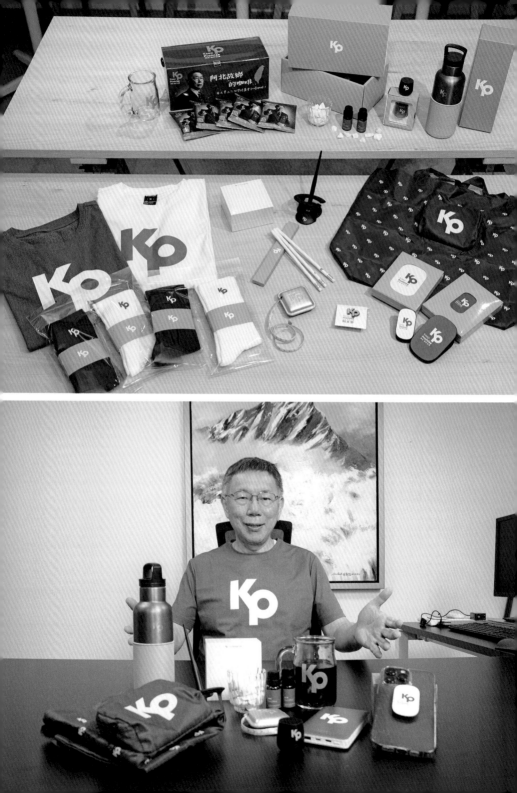

捐的每分錢都是辛苦打拚來的,所以我實在不想不斷叫大家捐錢。

我要求團隊務必好好設計募款小物,讓支持者捐款之後能帶著用得到的紀念品回家,這是我的心意。於是我們推出了實用系小物,包括我跑行程時常常穿在身上的 T 恤,以及棒球帽、環保材質保溫杯跟識別證掛帶、號稱跟我一樣續航力超強的行動電源。還有療癒系小物,充滿森林芳香正能量的擴香精油、輕巧帶著走的藍芽喇叭,以及設計感十足的懸浮自立筆,這一款禮物我送給每個外賓他們都頻頻稱讚,AIT 主席羅森柏格和前日本首相麻生太郎都有一支。

這些小物推出之後,看到支持者換得很踴躍,收到之後很滿意,我才感到安心。謝謝你們願意支持我、贊助我打一場乾淨的選舉,我相信我們一起努力,一定可以改變台灣的政治文化。

政治要專業，造型也要專業：
大家一起來監督

「最近變得很年輕噢，你穿這樣好好看。」這句話我近來很常聽到，但到現在還是不習慣，因為我平常對衣著的要求，就是乾淨整齊就好。但是我的競選團隊認為，既然我要參選總統，國家領袖代表的是台灣的整體形象，所以衣著應該要講究，不用華麗鋪張，但必須要有質感。

因此團隊幫我找了造型師，挑了幾套衣服、鞋子，甚至多挑了一副黑框眼鏡，根據每天不同的場合來搭配。現在我的辦公室裡有兩座衣架，上面掛著比較正式的西裝外套、藍色跟白色居多的長袖襯衫，還有一些輕便的 T 恤。以前我幾乎是一雙黑色的鞋子跑天下，現在也變成四、五雙，都是好穿好走的款式。

　　每週我的行程表排定之後，助理就會根據當天行程，請造型師做最適當的搭配，整理成一週服裝表來給我。如果要跟外賓見面，或者去商會、企業演講，我會穿正式的西裝外套、襯衫；到校園演講的話，則是輕便型的西裝跟 T 恤；一般的參訪、拜會，則是只穿襯衫。

●07/20 (四)
行程：新北

藍色短袖麻襯衫

無皮帶黑褲

黑色休閒鞋

●05/16 (二)

標題：參觀行程
時間：09：30-17：10

灰薄背心、白圓 T

灰色西裝長褲

黑色休閒鞋

不過有時候我把衣服從家裡帶出門的時候，沒有折就亂包一通，有一次襯衫真的被我弄得太皺了，祕書還在行程當中趕快去幫我買了一件白色襯衫，說是亨利領，看起來比普通的襯衫要有造型一點。

　　T恤的部分，我最常穿的當然是募款小物推出的KP應援T，有灰色跟白色兩款，設計俐落、衣服的質感好，也不易皺。這陣子，我也越來越常看到支持者穿跟我一樣的KP應援T，他們跟我說，這件衣服不像一些候選人的選舉服，印了大大的名字或看起來很奇怪的LOGO、人像，而是非常簡約的設計，不論是外觀、剪裁，還有穿起來的舒適度都很好，即便不是來參加我的行程，平常去運動、吃飯，穿起來也很不錯。

　　從二○二三年五月開始，改變造型之後，每次在社群上分享我的行程心得，都會有很多網友也當起我的服裝顧問：「阿北這件好看」、「灰色很適合柯P」、「拜託這件下次不要再穿了！」、「襯衫也太皺了吧，是不是沒有洗？」、「這是上次去台中時穿過的嗎？現在看起來好緊，阿北是不是又變胖？」、「阿北好久沒看到你的高腰褲」。感謝大家這麼熱心監督我的衣著，我想我就繼續努力變得更時尚。

國家圖書館出版品預行編目 (CIP) 資料

柯文哲的台灣筆記／柯文哲　著
初版 . -- 台北市：商周出版，城邦文化事業股份有限公司：英屬蓋曼群島商
家庭傳媒股份有限公司城邦分公司發行
　　2023.10　面；　公分
　　ISBN 978-626-318-832-7 (平裝)

863.55　　　　　　　　　　　　　　　　　　　112013541

柯文哲的台灣筆記

作　　　　者／柯文哲
文 字 整 理／陳智蒝、鍾宇皓、CN
責 任 編 輯／陳玳妮
版　　　　權／林易萱

行 銷 業 務／周丹蘋、賴正祐
總　編　輯／楊如玉
總　經　理／彭之琬
事業群總經理／黃淑貞
發　行　人／何飛鵬
法 律 顧 問／元禾法律事務所　王子文律師
出　　　版／商周出版
　　　　　　城邦文化事業股份有限公司
　　　　　　台北市中山區民生東路二段 141 號 4 樓
　　　　　　電話：(02)2500-7008　傳真：(02)2500-7759
　　　　　　E-mail：bwp.service @ cite.com.tw
發　　　行／英屬蓋曼群島商家庭傳媒股份有限公司　城邦分公司
　　　　　　台北市 104 民生東路二段 141 號 2 樓
　　　　　　書虫股份有限公司客服專線：(02) 2500-7718；2500-7719
　　　　　　24 小時傳真專線：(02) 2500-1990；2500-1991
　　　　　　服務時間：週一至週五上午 09:30-12:00；下午 13:30-17:00
　　　　　　劃撥帳號：19863813　戶名：書虫股份有限公司
　　　　　　讀者服務信箱：service@readingclub.com.tw
　　　　　　歡迎光臨城邦讀書花園　網址：www.cite.com.tw
香港發行所／城邦（香港）出版集團有限公司
　　　　　　香港灣仔駱克道 193 號東超商業中心 1 樓
　　　　　　E-mail：hkcite@biznetvigator.com
　　　　　　電話：(825)2508-6231　傳真：(852)2578-9337
馬新發行所／城邦（馬新）出版集團 Cite (M) Sdn Bhd
　　　　　　41, Jalan Radin Anum, Bandar Baru Sri Petaling,
　　　　　　57000 Kuala Lumpur, Malaysia.
　　　　　　電話：(603)9057-8822　傳真：(603)9057-6622
封 面 設 計／李東記
照 片 攝 影／古欣芸、李敏嘉、林佳融、高瑞克、陳柏瑞、陳顯昌、葛子綱、黎宗鑫
排　　　版／豐禾設計
印　　　刷／卡樂彩色製版印刷有限公司
總　經　銷／聯合發行股份有限公司
　　　　　　電話：(02) 2917-8022　傳真：(02) 2911-0053
　　　　　　地址：新北市新店區寶橋路 235 巷 6 弄 6 號 2 樓

2023 年 10 月 05 日初版　　　　　　　　　　　　Printed in Taiwan

城邦讀書花園
www.cite.com.tw

讀者回函卡

感謝您購買我們出版的書籍！請費心填寫此回函卡，我們將不定期寄上城邦集團最新的出版訊息。

不定期好禮相贈！
立即加入：商周出版
Facebook 粉絲團

姓名：＿＿＿＿＿＿＿＿＿＿＿＿＿＿＿＿＿ 性別：□男 □女

生日：西元＿＿＿＿＿年＿＿＿＿＿月＿＿＿＿＿日

地址：＿＿＿＿＿＿＿＿＿＿＿＿＿＿＿＿＿＿＿＿

聯絡電話：＿＿＿＿＿＿＿＿ 傳真：＿＿＿＿＿＿＿

E-mail：

學歷：□ 1. 小學 □ 2. 國中 □ 3. 高中 □ 4. 大學 □ 5. 研究所以上

職業：□ 1. 學生 □ 2. 軍公教 □ 3. 服務 □ 4. 金融 □ 5. 製造 □ 6. 資訊

　　　□ 7. 傳播 □ 8. 自由業 □ 9. 農漁牧 □ 10. 家管 □ 11. 退休

　　　□ 12. 其他＿＿＿＿＿＿＿＿＿＿＿＿＿＿＿＿

您從何種方式得知本書消息？

　　　□ 1. 書店 □ 2. 網路 □ 3. 報紙 □ 4. 雜誌 □ 5. 廣播 □ 6. 電視

　　　□ 7. 親友推薦 □ 8. 其他＿＿＿＿＿＿＿＿

您通常以何種方式購書？

　　　□ 1. 書店 □ 2. 網路 □ 3. 傳真訂購 □ 4. 郵局劃撥 □ 5. 其他＿＿＿

您喜歡閱讀那些類別的書籍？

　　　□ 1. 財經商業 □ 2. 自然科學 □ 3. 歷史 □ 4. 法律 □ 5. 文學

　　　□ 6. 休閒旅遊 □ 7. 小說 □ 8. 人物傳記 □ 9. 生活、勵志 □ 10. 其他

對我們的建議：＿＿＿＿＿＿＿＿＿＿＿＿＿＿＿＿＿＿

＿＿＿＿＿＿＿＿＿＿＿＿＿＿＿＿＿＿＿＿＿＿＿＿

＿＿＿＿＿＿＿＿＿＿＿＿＿＿＿＿＿＿＿＿＿＿＿＿